日记背后的历史

古登堡的学徒
小印刷师马丁的日记（1467-1468年）

〔法〕索菲·于曼 著 邹沁 译

著作权合同登记号　图字 01-2016-3671

Martin Apprenti de Gutenberg
© Gallimard Jeunesse，2010

图书在版编目(CIP)数据

古登堡的学徒：小印刷师马丁的日记／(法)于曼著；邹沁译.—北京：人民文学出版社，2016
(日记背后的历史)
ISBN 978-7-02-011643-0

Ⅰ.①古… Ⅱ.①于… ②邹… Ⅲ.①儿童文学-中篇小说-法国-现代 Ⅳ.①I565.84

中国版本图书馆CIP数据核字(2016)第095793号

责任编辑：朱卫净　尚　飞
装帧设计：李　佳

出版发行	人民文学出版社
社　　址	北京市朝内大街166号
邮政编码	100705
网　　址	http://www.rw-cn.com
印　　刷	山东德州新华印务有限责任公司
经　　销	全国新华书店等
开　　本	850毫米×1168毫米　1/32
印　　张	5.25
字　　数	74千字
版　　次	2016年6月北京第1版
印　　次	2016年6月第1次印刷
书　　号	978-7-02-011643-0
定　　价	20.00元

如有印装质量问题，请与本社图书销售中心调换。电话：010-65233595

序

老少咸宜，多多益善
——读《日记背后的历史》丛书有感

钱理群

这是一套"童书"；但在我的感觉里，这又不止是童书，因为我这七十多岁的老爷爷就读得津津有味，不亦乐乎。这两天我在读"丛书"中的两本《王室的逃亡》和《米内迈斯，法老的探险家》时，就有一种既熟悉又陌生的奇异感觉。作品所写的法国大革命，是我在中学、大学读书时就知道的，埃及的法老也是早有耳闻；但这一次阅读却由抽象空洞的"知识"变成了似乎是亲历的具体"感受"：我仿佛和法国的外省女孩露易丝一起挤在巴黎小酒店里，听那些平日谁也不注意的老爹、小伙、姑娘慷慨激昂地议论国事，"眼里闪着奇怪的光芒"，举杯高喊："现在的国王不能再随心所欲地把人关进大牢里去了，这个时代结束了！"齐声狂歌："啊，一切都会好的，会好的，会好的……"我的心都要跳出来了！我又突然置身于3500年前的神奇的"彭特之地"，和出身平民的法老的伴侣、十岁男孩米内迈斯一块儿，突然遭遇珍禽怪兽，紧张得屏住了呼吸……这样的似真似假的生命体验实在太棒了！本来，自由穿越时间隧道，和远古、异域的人神交，这是人的天然本性，是不受年龄限制的；这套童书充分满足了人性的这一精神欲求，就做到了老少咸宜。在我看来，这就是其魅力所在。

而且它还提供了一种阅读方式：建议家长——爷爷、奶奶、爸爸、妈妈们，自己先读书，读出意思、味道，再和孩子一起阅读，交流。这样的两代人、三代人的"共读"，不仅是引导孩子读书的最佳途径，而且还营造了全家人围绕书进行心灵对话的最好环境和氛围。这样的共读，长期坚持下来，成为习惯，变成家庭生活方式，就自然形成了"精神家园"。这对孩子的健全成长，以至家长自身的精神健康，家庭的和睦，都是至关重要的。——这或许是出版这一套及其他类似的童书的更深层次的意义所在。

我也就由此想到了与童书的写作、翻译和出版相关的一些问题。

所谓"童书"，顾名思义，就是给儿童阅读的书。这里，就有两个问题：一是如何认识"儿童"，二是我们需要怎样的"童书"。

首先要自问：我们真的懂得儿童了吗？这是近一百年前"五四"那一代人鲁迅、周作人他们就提出过的问题。他们批评成年人不是把孩子看成是"缩小的成人"（鲁迅：《我们现在怎样做父亲》），就是视之为"小猫、小狗"，不承认"儿童在生理上心理上，虽然和大人有点不同，但他仍是完全的个人，有他自己的内外两面的生活。儿童期的十几年的生活，一面固然是成人生活的预备，但一面也自有独立的意义和价值"（周作人：《儿童的文学》）。

正因为不认识、不承认儿童作为"完全的个人"的生理、心理上的"独立性"，我们在儿童教育，包括童书的编写上,就经常犯两个错误:一是把成年人的思想、阅读习惯强加于儿童,完全不顾他们的精神需求与接受能力,进行成年人的说教;二是无视儿童精神需求的丰富性与向上性,低估儿童的智力水平,一味"装小",卖弄"幼稚"。这样的或拔高,或矮化,都会倒了孩子阅读的胃口,这就是许多孩子不爱上学,不喜欢读所谓"童书"的重要原因:在孩子们看来,这都是"大人们的童书",与他们无关,是自己不需要、无兴趣的。

那么,我们是不是又可以"一切以儿童的兴趣"为转移呢?这里,也有两个问题。一是把儿童的兴趣看得过分狭窄,在一些老师和童书的作者、出版者眼里,儿童就是喜欢童话,魔幻小说,把童书限制在几种文类、有数题材上,结果是作茧自缚。其二,我们不能把对儿童独立性的尊重简单地变成"儿童中心主义",而忽视了成年人的"引导"作用,放弃"教育"的责任——当然,这样的教育和引导,又必须从儿童自身的特点出发,尊重与发挥儿童的自主性。就以这一套讲述历史文化的丛书《日记背后的历史》而言,尽管如前所说,它从根本上是符合人性本身的精神需求的,但这样的需求,在儿童那里,却未必是自发的兴趣,而必须有引导。历史教育应该是孩子们的素质教育不可缺失的部分,我们需要这样的让孩子走近历史、开阔视野的人文历史知识方面的读物。而这套书编写的最大特点,是通过一个个少年的日记让小读者亲历一个历史事件发生的前后,引导小读者进入历史名人的生活——如《王室的逃亡》里的法国大革命和路易十六国王、王后;《米内迈斯:法老的探险家》里的彭特之地的探险和国王图特摩斯,连小主人翁米内迈斯也是实有的历史人物。每本书讲述的都是"日记背后的历史",日记和故事是虚构的,但故事发生的历史背景和史实细节却是真实的,这样的文学与历史的结合,故事真实感与历史真实性的结合,是极有创造性的。它巧妙地将引导孩子进入历史的教育目的与孩子的兴趣、可接受性结合起来,儿童读者自会通过这样的讲述世界历史的文学故事,从小就获得一种历史感和世界视野,这就为孩子一生的成长奠定了一个坚实、阔大的基础,在全球化的时代,这是一个人的不可或缺的精神素质,其意义与影响是深远的。我们如果因为这样的教育似乎与应试无关,而加以忽略,那将是短见的。

这又涉及一个问题：我们需要怎样的童书？前不久读到儿童文学评论家刘绪源先生的一篇文章，他提出要将"商业童书"与"儿童文学中的顶尖艺术品"作一个区分（《中国童书真的"大胜"了吗？》，载2013年12月13日《文汇读书周报》），这是有道理的。或许还有一种"应试童书"。这里不准备对这三类童书作价值评价，但可以肯定的是，在中国当下社会与教育体制下，它们都有存在的必要，也就是说，如同整个社会文化应该是多元的，童书同样应该是多元的，以满足儿童与社会的多样需求。但我想要强调的是，鉴于许多人都把应试童书和商业童书看作是童书的全部，今天提出艺术品童书的意义，为其呼吁与鼓吹，是必要与及时的。这背后是有一个理念的：一切要着眼于孩子一生的长远、全面、健康的发展。

因此，我要说，《日记背后的历史》这样的历史文化丛书，多多益善！

2013年2月15—16日

1467年5月3日，圣腓力节①

天一亮，我就要上路了。虽然蜡烛已剩得不多，可我还是想趁出发前写下几行字，不然的话，我永远都没有勇气去碰那本册子。曾经，我的手指摩挲着它背上的纹路，怯怯地轻启那木质的封面，却不敢在上面写半个字——这样的情形已经有20次了吧！

我还记得，我的师傅约翰内斯②在窗前举起它时，整个人是多么的喜悦。

"看，马丁，"他对我说，"趁你的眼睛还好使，

---

① 圣腓力为耶稣十二门徒之一，他的纪念日为5月3日。
② 即约翰内斯·古登堡，西方活字印刷术的发明人。下文中的"古登堡"也是指他。

把每一页都好好看看。是不是很多地方都画着一个牛头?"

"看到了,师傅;头上还有一颗小星星呢!"

"你说得很对,这表明这张纸产自城南的一家磨坊,这是全美因茨①最好的纸张。"

"可牛头是怎么画上去的呢?"

"工匠把一根黄铜线捻成需要的样子,塞进纸浆,这样图样就嵌在里边了。"

"我本来还剩几张这样的纸,"师傅接着说,"当我得知你要离开的时候,我让装裱师把这些纸为你缝了起来。去吧,到那些自由的城市中去,到法兰西人的王国去,去和别的印刷师会合,把新的消息带回老古登堡的身边。

"别忘了,把你看到的东西写在这些纸上,把所有的都写上去……

"你知道,脑海中的事物一旦遗忘就彻底消失了……我的眼睛再也无法在烛光下阅读,我每天晚上只能静静地躺在黑暗中,努力回忆着我青春时期的岁

---

① 德国城市,位于莱茵河西岸。

月。妈妈的容颜和哥哥的笑容仍历历在目,可我们房子的样子却记不起了!父亲养了一匹黑马,双眸之间有颗白色的小星星。我那时可爱这匹马了,还老是要和它一起睡在马厩里。可它的名字我却想不起来了!无论怎样努力回想都无济于事!这个名字已经从我的记忆中溜走了。前些天有一回,我还试着回忆和我的家人离开美因茨的具体年份。我那时比你大不了多少。可到底是哪一年呢?1418年?还是1419年?我记不清了。

"我真后悔没有把我的人生都记下来。不然的话,我今天要重寻过去的时光就容易得多了……"

说完这些,他沉默了。

听着他说话,我的喉咙也哽咽了。我刚刚才意识到自己可能再也见不到他了。在此之前,我只想过如何说服我父亲让我去学印刷,只憧憬过我未来的旅行,但却从未想到过我师傅。

是的,他有女仆帮他洗衣做饭,有主教定期来问候他。可到了星期天,有谁会来看他,跟他讲城里的新鲜事,听他讲关于书的事情呢?没有人会这样。我突然感到很难过，我把双手放在他手上。

师傅的声音更加轻了：

"我亲自教授那些工匠印刷的技艺，可如今他们都去哪儿了？唉，如果我们的大主教们不打来打去，如果拿骚镇①的长官不下令洗劫货铺关闭作坊，现在应该还有人陪我一起印书……

"我的学生里有一位最是天赋异禀。他叫尼古拉·詹松。马丁，记住这个名字。他是法国人，当时在图尔②刻像章。差不多10年前，查理七世，也就是现任法国国王路易十一的父亲，把他派到这里来学习新兴的印刷术。他到美因茨在我身边待了两年，然后就走了。我也不知道他现在在做什么。你可以试着找到他，然后告诉他你是我送去向他继续学习印刷术的。"

"是，师傅，"我回答说，"但我爸爸要我在斯特拉斯堡③的约翰内斯师傅那里至少待到冬天。然后再

---

① 德国城市，时为拿骚公国（Herzogtum Nassau）的首府。
② 法国城市。
③ 法德边境城市，现属法国。

住到隔壁我叔叔，金银匠汉斯·格兰伯姆那儿。过了圣洛伦佐节①，我就14岁了。就是成年人了，可以如我所愿到巴黎去奋斗了。我保证会在那儿找到尼古拉·詹松。"

"是啊，我都忘了你才这么小。马丁，你爸爸说得对。你每个礼拜天在我这儿已经学到不少东西了，你现在已经是一个娴熟的排字工人了，可离正确操作印刷机还有一段距离。

"斯特拉斯堡！我在那儿住了很久，也遭了不少罪。正是阿尔萨斯葡萄农的榨汁机启发了我，让我想到可以用同样的方法来印墨水。但我花了好几年才成功。我的活字不是太硬，就是太软。有时我半夜里都会醒来去试验新的金属组合。不过这些都是很遥远很遥远的事情了……

"对了马丁，我还有另外一件事……"

约翰内斯师傅取出一个大大的木架，里面有好几个小格，塞满了金属小字。

"这个排字字盘是你的了。这基本上是我以前所

---
① 圣洛伦佐为天主教圣人之一，纪念日为8月10日。

有的材料了。

"现在,你就走吧!再见了!"他说着,突然用力地把我推向门口。

我连和他说声谢谢的时间都没有。

我来到马路上,站在圣克里斯多夫教堂前,一手拿着排字字盘,另一只手拿着日记本,泪水几欲夺眶而出。我转身来到布料店门前。老板娘艾德维姬夫人叫住了我:

"马丁,看来你要整装待发啦!那你是真的要离开我们了吗?"

"我两天后走,也就是圣雅各①节那天,艾德维姬夫人。"

"我会想你的,孩子。你还不怎么会走路的时候,就在我的厨房外转悠讨小麦饼干吃了……"

她的话只说到这儿,因为这时一辆载着木桶的马车咕噜咕噜地经过我们面前,一个车轮撞上了一块石头,车上最前面的木桶掉了下来,滚到一只正在铺路石间寻觅剩食的小猪脚上,小猪尖叫着逃开,惊醒了

---

① 耶稣门徒之一,在西方的纪念日为5月3日。

艾德维姬夫人的猫，原本它还在阳光下打着盹呢……惊慌失措的猫又将一罐酒打翻在羊毛料上。艾德维姬夫人却没有骂它，而是尽情地大笑起来。

于是我也笑了起来。此前我只见过她忧郁的样子。

我也会想念她的。

我出生几个月后，妈妈就死了。13年来，我和爸爸一直住在他工作的金银作坊的楼上。

四年前，由于战乱的缘故，好多金银匠都离开了，但我爸爸留了下来。他有五名同事和三位学徒。拿骚的主教阿道夫一直找他订好多玩意儿，而且容不得半点迟缓。就在上个星期，我爸爸还赶着完成两个圣体盒，一个精雕的小匣子和一个嵌着珍珠的十字架。

而我喜欢的是书籍。这是在学校里养成的爱好。我在学校里学习了拉丁文、德文还有写作。我还会法语，那是艾德维姬夫人教给我的，她是在奥尔良长大的。

有一天，学校的老师让我带一本书给约翰内斯·古登堡先生，我就是这样认识我师傅的。他给我看了他的活字……一年多来，我每个星期天都上他那儿。我想成为和他一样的印刷师。但直到复活节前,我爸爸对这些都丝毫不以为然。

"这印书的新行当不是太正经。你得像我还有你叔叔一样,成为一个金银匠才是。"每次我大着胆子向他说出自己的想法时,他都这么回答我。

接着,有一天,古登堡师傅上我家来了。我不知道他跟我爸爸说了些什么,因为爸爸当时把我送到作坊去了。但第二天,他就同意我到斯特拉斯堡的印刷师约翰内斯·曼特林①那儿当学徒。

蜡烛马上就要灭了。我已经密密麻麻地写了两页纸,我从来没有写过这么多字。

5月4日

愿上帝赐福圣克里斯多夫,旅人的保护主!

---
① 当时著名的印刷师之一。

清晨我醒了过来，微风柔和，天空晴朗。我几乎没怎么睡着过，困得一次又一次地躺回去。60里啊！这可是我第一次独自走这么长的路。去年我去过法兰克福的集市，但那是和爸爸一块儿去的，他对我们下榻的旅店都了如指掌。况且，我们那时还有两头骡子，一头我骑，一头用来驮货物。

爸爸这会儿已经起来了。他在桌子上备好了啤酒和从面包店买来的一块鲤鱼馅饼。我其实并不怎么饿，但还是必须得吃点东西。我的褡裢里已经放进了三支羽毛笔，两瓶墨水，现在又放进了这本日记本，包在裤子和一件备用衣服里面。师傅给我的排字字盘，我放在了一只黄麻布的包里。昨天，鹿儿街的鞋匠给这只包添上了两根大大的皮带，好让我能够背着走。

爸爸将一只鼓鼓的钱包递了过来。

"拿着，别在腰带上，可别让人偷了！到了斯特拉斯堡后，不要马上去你汉斯叔叔那儿，先找一家兑换的地方，因为这钱在那儿不能用。愿圣母马利亚保佑你，我的儿子！"

然后他生平第一次将我抱住,亲了我。

道别后,我连连回头,想要再看一眼他那裹在黑布外衣里的高高的身影。可那身影终究淹没在满街的行人中了。

我开始照着爸爸所说的那样,沿着莱茵河行走,把太阳留在左边。大约走了两小时后,我看到河边的一株柳树下系着两辆大马车。

两个人坐在那边,看着几头他们放在路边吃草的牛。

"朋友,上哪儿去?"

"去斯特拉斯堡我叔叔那儿。"

"如果你愿意的话,可以等这些牲畜吃完草,我们要把它们卖到艾尔菲格的屠户那儿。两辆车各拴一头,其他的跟着车队走。你可以跟我们一起走,我们送你一程。从这儿到艾尔菲格要走两天。今天晚上,你跟我们住一家旅店就可以了,第二天我们再一起上路。"

于是这天接下来的时光我是在这其中一辆马车的后座上度过的,后面跟着一头牛,舌头总爱往我的风帽上舔。我写下这些话的时候,正坐在红天鹅旅店的客厅里,等着迟迟不来的白菜汤和猪肉。

此刻我离美因茨只有10里了。照现在的进程来看,我应该会比预期早到斯特拉斯堡。看来我不应该感到害怕,因为旅行是那么愉快的一件事情。

5月6日

昨天早上醒来的时候,天已经大亮,红天鹅旅店却静悄悄的。震惊之下,我从床上跳下来,冲到客厅,发现那儿空荡荡的,只有旅店老板在慢吞吞地扫地。

"那些赶牛人去哪儿了?"

"你说昨晚上带着牲口来的那些人么?他们早走了啊,我的孩子。现在差不多3时[①]了,你也应该起来了,因为我得整理床铺去了。你得付我两个弗

[①] 当时人们将从日出到日落之间的时间划分为12个小时,所以这里的"3时"相当于我们现在的上午9点。

洛林①。"

"可为什么他们不带我走啊?"我不禁大叫起来,"他们说好要带我一起走的!"

"这很正常。他们把你忘了,没别的原因。快点去整理行李,不然的话你还得多付一个弗洛林。"

我拿好钱包、背包和排字字盘,付了房钱出门去了。外面下着细雨。我很快找到了河边的纤道,沿着纤道往前走。过了一会儿,雨下大了,在路中间汇成了一条小溪。我全身上下淋得湿透,还饿着肚子。于是我只能把最后一片面包给吃了。为什么我走之前没想到在旅店老板那儿买点吃的呢?离美因茨越远,房舍越是稀少。我在柳树和杨树林中走了许久。脚底的袜子浸透了水,变得皱皱的,木质鞋底弄得我很疼。可没办法,我必须得走下去,心里盼着能找到个避雨的旅馆或是人家。可我眼前却只有无穷无尽的河水和泥泞的道路。

快到11点的时候,我的肚子已经饿得抽筋了。冷得直哆嗦,又想到等走出树林时可能已经是夜里

---

① 当时的一种货币名称。

了，这不禁让我颤抖得更厉害了。

就在这时,我看到了一块田地深处有一座谷仓,我冒雨奔过去,推开那扇已经摇摇欲坠的门。地上盖着层啤酒花叶子,可能是放那儿晾干的。我叫了一声,无人应答。我抱起一块扔在地上的木板,横在门前,这样别人就没法进来了。我把风帽和袜子脱下摊在叶子上,然后整个人躺倒在啤酒花叶上。这种感觉很惬意。虽然肚子仍然在抽筋,我还是很快睡着了。

天蒙蒙亮的时候,我被两只鹅沙哑的叫声惊醒了。透过谷仓的缝隙,我看到门前它们摇摇摆摆的身影。

雨已经停了,可我的衣服还是湿的。想到要这样穿上它们,或许还要走上几小时的路才能吃到东西,我不禁哭了出来。我觉得我真不该离开美因茨,一个人的感觉真是让我受够了。我已经差不多要往回走了,爸爸生气也好,被大乌利奇嘲笑也好(不管怎样,他也笑了我好多年了,因为我是金银匠那个圈子里唯一长着黑头发的,还因为我识字……)

我头发的颜色是妈妈给的,她的老家在波西米亚。关于她，我只知道这些，因为爸爸对她从来就是闭口不提的。我对她几乎没有印象，古登堡师傅倒是记得她的面貌。

一想起古登堡师傅，我便记起我的日记本来，这时才有一种我并非孤身一人的感觉。我想要写点东西来给自己打点气，于是拿出了墨水瓶和羽毛笔，趴在叶子上开始写下昨天的遭遇。写着写着，便好受多了。

艾尔菲格应该不远了，因为那些赶牛人说只要两天的路程。走吧，穿好衣服，我该启程了。

当天晚上

我想得没错，艾尔菲格离那个谷仓只有一小时的路程。如果我昨天胆子大点的话，昨晚上就可能在这儿过夜了。今天早上，我很容易就找到了一家旅店，在那儿吃了点鸡蛋、带肉的面包和热汤。至于那些赶牛人，我并没有打听到他们的消息。不过当我把这几天的经历说给旅店老板听后，他告诉我从这儿去斯特拉斯堡不会再没地方住了，因为村庄和村庄之间挨得很近。

幸好我今天早上没有往回走,不然我会愧对我爸爸,想当初我在他面前求了好几个月他才肯让我走。

我希望汉斯叔叔和安娜婶婶看到我来会高兴。我从来没见过他们。

5月11日

我此时正坐在一棵橡树下,日记本放在我的膝盖上,我手中拿着羽毛笔,墨水瓶搁在一个树桩上。我很珍视这些坐下来写东西的时光。日记本真是我的好旅伴。9时①早过了,现在已经隐隐有些傍晚的感觉。自从我离开美因茨以来,这是第一回有近乎快乐的感觉。我从来没看到过那么多的植物。我多想把它们都画下来啊!我要先在前边画上麦田那生机勃勃的绿

---

① 参照之前的译注,这里的"9时"相当于我们现在的下午3点。

色,背景是孚日山脉①的群峰,那是一团近乎蓝色的深绿。最后再在山脚的地方描上一排一排的浅绿。

"那是葡萄藤。"莉赛尔这么跟我解释。

她还很严肃地说:"精灵们很快就要到我们这儿来了。到夏天,她们就在麦子上吹一口金色的粉末,到了秋天,她们就给葡萄裹上太阳般颜色的袍子。"

而莉赛尔呢?她就坐在我身边,坐在青苔上,灰色裙子下的身躯坐得直直的,头上戴着白色的便帽。她一边皱着眉,一边看着我写字。我想她大约是把我当成魔法师了。

我是在中午的时候碰到这个姑娘和她的哥哥彼得的。

那会儿,教堂的尖顶落入我的视线已有好几个小时。莱茵河上有各种起航的船舶,有满载酒桶吃水颇深的小船,也有装满铜片的双桅船。

我当时正沿着纤道行走,突然被一幅奇特的景象吸引住,不由停下了脚步:一艘装满绵羊的船撞到了几根漂在水面上的树干,绵羊惊得咩咩大叫,船员也

---

① 位于法国东北部,莱茵河左岸。

慌了手脚,既没法调正船只的方向,也没能安抚好绵羊。我正思考着这船会不会沉的时候,自己倒被一团低声叫着的毛茸茸的东西给撞翻了。

那是一只大公猪,它只不过是急着要去河边喝水而已。我倒不怎么痛,只是担心它会把我那珍贵的排字字盘弄坏掉,或者把墨水瓶给碰碎了。我检查包裹的时候,一个男孩子跑了过来。他朝我瞥了一眼,知道我没事后,就奔向自己的猪,拿着绳索套上它的脖子。猪惊得哇哇大叫,叫声都盖过羊群了。

我走过去帮他,两人一起把猪拉到路上,都累得满脸通红,气喘吁吁。

"我叫彼得·巴特,"男孩自报家门,向我伸出手来。"它放任惯了,"他用下巴指指那头猪。

"我叫马丁·格兰伯姆,从美因茨来,"轮到我自报家门了,"没事儿啦。"

"你这是要上哪儿去?"

"去斯特拉斯堡我叔叔家,他是大教堂附近的金银匠。你知道我还需要走多少时间吗?"

"四个小时多点吧。可现在已经太晚了。如果你在 12 时①之后进城，说不定会被巡逻的士兵拦下，关进刑塔中。

听着，我有主意。不知你愿不愿意睡我家？我妹妹莉赛尔还在那边的橡树林里，我们的另一头猪也在。我们还要在那边待一会儿，等猪吃完。我呢，还得捡些橡栗晚上烧粥用。然后我们就回村子去。你可以跟我们一起吃晚饭，我爸爸会为你在马厩弄一张床……那边离猪很远。你帮了我，我觉得这是我该做的！"

我想了想，于是答应了彼得。他的邀请是那么自然。毕竟我离开美因茨也才一个星期。四天来，因为乘了好几次马车，所以我的行程很快。现在让自己稍停一下也不会让汉斯叔叔着急的。

况且，如果彼得的话不错，我也不应该在夜间进入斯特拉斯堡。

5月12日

我在斯特拉斯堡的佛伦霍夫广场，我叔叔婶婶

---
① 相当于晚上6点。

家。我此刻正坐在房间里，屋顶的正下方。透过天窗，可以看到右边约翰内斯·曼特林的家，后面就是夕阳下玫瑰色的大教堂。明天我要去圣母前祷告，还要感谢圣克里斯多夫，是他保佑我平安地到达这儿。

我今晚有些困了。今天一大早起来和彼得去菜园里赶蛤蟆和鳃角金龟，然后我才上路。说起来，这本是莉赛尔的活，可小家伙深信院子里住着精灵和巫师，所以怎么也不肯去碰那些动物。她真是个古怪的小姑娘，可要和她还有他们一家分别，我还是有些伤感的。他们对我是多么的热情啊……此外，我还有幸能和一个同龄的小伙子说上话，要知道在美因茨，别的孩子都离我远远的，因为他们害怕被我的宿敌大乌利奇报复。

彼得向我保证六月份一定会去斯特拉斯堡参加圣约翰节①的大集市。我也跟他讲了曼特林的作坊在什么地方。

不过，我自己要找到那儿却是不费吹灰之力：只要跟着教堂的方向走就可以了。我明天就要上那

---

① 耶稣门徒之一，纪念日为6月24日。

儿去。

自打我见到叔叔婶婶后,原本的担心也烟消云散了。汉斯叔叔和我爸爸完全是反着的。他脸红红的,身体强壮,整天说个不停。不过安娜婶婶的话不多。她很瘦,眼神和脸色都很苍白,整个脸僵硬得奇怪。她看上去很忧伤,却抱着我亲了好几回,话只说了一句:

"看啊,汉斯,他的头发颜色是他妈妈的!"

然后,她就把我的包拿了过来,一个人背到了我楼顶的小房间。我在那儿有一张核桃木床,上面铺了层厚厚的羽毛垫子,还有个给我放东西的彩色箱子。安娜婶婶不说话,一直盯着我看。我对她说,我在这儿一定会过得很开心,她听着突然笑了起来,脸看起来也不一样了,神情更加愉悦,眼睛更加明亮,两颊也更加红润。之后我们又回到一楼的客厅,那儿紧挨着厨房。叔叔婶婶不在下边的时候就住那儿;在下边的时候,叔叔在作坊里干活,婶婶呢,就算账。下楼之后,安娜婶婶整个人又不复刚才的光彩了。不过她给我塞了些小面包。我爸爸之前告诉我她头两个孩子断奶前就死了，最后一个六岁时因热病死了……她一定是因为这个才会那么忧伤，不过我确信我的到来还是让她很欣喜的。

5月13日

马上就入夜了，阴影已布满我的房间。白天遁走后我便开始不安起来。我惧怕魔鬼。如果他来搅乱我的睡梦，悄悄潜入我的被窝，或者藏在我的箱子里，那可怎么办呢？不，他不会来的。我要镇静。圣马丁的像章可不就挂在我的床头吗？

只要我不会想起这个女人，就好了……

我想试试在日记本上记下今天早上离奇的邂逅，也许这样能睡得好些？

清早，我打算先到教堂去圣母面前祷告，然后再去约翰内斯·曼特林处拜访。教堂在广场边上开着两扇小门，我是从其中一扇进去的。耳堂①空荡荡的，里边很暗。我看到根柱子上挂着个奇怪的玩意，用一根链子吊着，看上去像个巨大的牛头。

突然，有什么东西紧紧抓住了我的上衣。我回过头去，都准备要抽出腰间的短刀了。只见一名老妇抓住了我的手臂，她穿着件棕色粗呢的宽大袍子。

"把刀放回去，我的孩子！别在圣主的殿堂里杀了格特鲁德妈妈，不然的话，你会被罚入地狱，跌入那里的熊熊烈火中……

"看，那是牛角。你知道那是派什么用的吗？"

我吓得一语不发，动都不敢动。那老妇长长的指甲挠着我衣服下的皮肤，衣服的帽兜遮住了前额和目光。我只看得到她双唇细致又黯淡的轮廓，深陷而苍白的脸颊；她身上恶臭的气息实在是令人作呕。

"你不回答，那好，年轻人，我来告诉你主教们为什么要把这个牛角藏在这儿。它磨成粉后，可以解某些毒……还可以防止撒旦近身。"

"我说，我从来没见过你啊，"那老妇尖着嗓子

---
① 十字形教堂的一个部分。

说，"你是谁？"

她不断靠近我的脸庞，我简短地回答了她，一边想着如何脱身：

"我是金银匠汉斯·格兰伯姆的侄子。"

"金银匠啊……那好，我就告诉你另外一个秘密，关于炼金术秘方的秘密。过来，我教你如何变出金子来。"

"金子？"

"对，金子，被人诅咒的金子，让整个人性陷入迷途的金子。"

这巫婆充满恶臭的嘴巴都快要碰到我的耳朵了。

"把一只公鸡和一只母鸡关在黑暗的石窖中，"她低声说着，"把它们关在那儿15天，只留点谷物和水。然后去将母鸡下的蛋拾来，让蛤蟆去孵。这样会孵出一些长着蛇尾的小鸡。孵出后立即把它们杀了，扔到一只青铜花瓶里，埋进地下。等六个月后，再将花瓶取出，猛火加热，打开，把里面的东西拿出来，混入三分之一的人血，捣碎，再用醋化开。然后把这东西涂抹在铜片上，放在火上烧，就变成了金子！"

就在这时,我进来的那扇门开了。两名议事司铎①踩着一束光走了进来,老妇跳了起来,悄无声息地退入后殿。

我冲出门外,气喘吁吁,心跳个不停。这时,钟已经敲第二回了。

前面,曼特林师傅家的招牌嘎吱嘎吱地摇着。我敲了敲门,很快,一位年轻人打开了门。

"马丁·格兰伯姆,从美因茨来,金银匠汉斯的侄子,您的邻居。"我用平板的声音说着。我相信马特林师傅今早已经等着我来上课了。

"欢迎你,马丁!我们正等着你呢,"年轻人微笑着说,"我叫卡尔,是约翰内斯·曼特林的儿子。我这就去叫我父亲。"

等到卡尔消失在作坊后,我才深深地喘了下气。等到曼特林先生向我走来的时候,我已经平静一些了。

他没有他儿子那么和蔼可亲,长得又高又胖,脸

---

① 议事司铎:神职人员的一种称谓,有一定的等级色彩,在教派里地位比普通"司铎"高,人数上有一定的限制。

庞棱角分明，灰色的眼睛细长而冷漠。他废话不说，直接让我分拣铅字了。

由于我还未从之前的恐惧中恢复过来，所以把好几个铅字都弄到地上了。

曼特林师傅叫嚷起来，说他从来没有见过像我这么笨拙的孩子，于是一整天他再也没有跟我说过话。

我为什么要离开爸爸和美因茨呢？这个夜晚，我宁愿待在艾德维姬夫人的店铺中。我相信她一定能抚平我的惊惧。

好了，我写得够多了，现在该睡觉了，不管是不是会有噩梦相伴。

5月14日

今天早上起床时，我看到汉斯叔叔已经在餐桌前坐着了，面前摆着些和鸡肉一起烧的白肉冻、猪肉炸杏仁和碎生姜。他似乎很喜欢吃这些，每天都要点。我睡得很差，没什么胃口。叔叔看到我吃不下，很着急，殷切地问我怎么回事，最后，我只能把在教堂里碰到格特鲁德妈妈的事儿告诉他了。

他听了后脸儿通红，嘴里含着肉冻，差点笑岔气去。

"是她吓着你啦，格特鲁德妈妈！"他打完一个嗝，趁下个嗝还没打出时终于说出话来，"城里的人都认识她。她精神是有点不正常，不过人并不坏呢。她一直都在教堂周围溜达，靠乞讨为生，讨不到东西时干脆靠吃死动物过活。至于那个秘方，我的小可怜，我早就听说过了，每个优秀的金银匠都知道这个。一位叫泰奥菲尔的僧侣差不多400年前就调制了出来，并记在了一本书里，这本书我一些同事还有样本。

"不过你不用去试这个秘方，因为你得不到金子的！"汉斯叔叔眨眨眼睛，提醒我说。

就这样，我给人留下了天真少年的印象。我自己也忍不住笑了起来……然后，肚子就饿了。

白肉冻那微微的酸甜，在我尝来格外美味。

叔叔到楼下的作坊去了，他的学徒在等他，还有一个圣体盒等着他凿刻。我则往曼特林师傅家飞奔而去。

我现在排字时铅字已经不会再掉到地上了。我想师傅应该心情好点了吧，因为他把我叫过去，告诉我他之前给铅加的锑误差了一克，这样一来就很难得到不变形的铅字。

如果我一直都能像这样进步，应该不久就可以开始印书了吧。

5月31日，圣灵降临节

曼特林师傅不再那么吓人了。他讨厌懒人和话痨，一心想把自己的工人调教成为帝国①最好的印刷工人。他也同样严于律己，总是第一个到作坊，印刷的每个步骤他都要亲自监视，印出来的每张纸都要检查一遍。他从前是装饰画师，如今在作坊里，他专门

---

① 指神圣罗马帝国。

负责给标题着色：校对师把没印好的字母用羽毛笔重新写好，再交给他，让他来给每章的第一个字母和所有的大写字母涂成蓝色或红色。标页码的工作也由他来做。他的手从来不抖。

自从我那天把好多铅字掉地上后，他再也没有骂过我。前天，他把我叫过去，告诉我怎么把烟黑、松脂和核桃油混在一起调出一种既不太稀又不太稠的墨水。

"墨水是至关重要的，"他直言不讳地说道，"约翰内斯师傅自己在斯特拉斯堡的时候，花了几个月才搞定最好的配方。我在美因茨的时候，他把这配方教给了我。"

于是我趁机问他有没有在美因茨见过一个名叫尼古拉·詹松的印刷工人，但他完全没有印象。

我真不知道在哪儿才能打听到这个人的行踪。

汉斯叔叔经常等着我晚上回家聊上几句。他对我在曼特林那儿干的活很感兴趣，有时还给我看他正在凿刻的东西。可安娜婶婶从来不和我们坐一块儿。她总是在家里不停地忙来忙去，检查订单，数家当，晾衣服，或者去厨房间看女仆干活……

"来跟你侄子讲讲话呀，安娜！"汉斯叔叔经常这么吼道。

"明天吧，明天吧。"她总是这么说，"我忙着呢。"

这总是让汉斯叔叔有些光火，他咕哝道：

"女人只知道一天到晚瞎忙，死了才会消停。"

6月22日

圣约翰节的集市已经开始两天了，要在城中密密麻麻的人群中挤出一条道来可真不容易。我们家前的佛伦霍夫广场，已经会集了好多人，有耍熊的、吐火的，还有流动乐手。从村庄和平原来的农民都到这儿来卖东西，有工具、白菜、萝卜、谷物、樱桃、覆盆子……还有吵吵嚷嚷的鹅和鸡！

昨天去市政厅的路上，我看到一个卖兔子的小男孩。他把兔子都放在了一个篮子里，但兔子们一点儿都不想待在那儿，拼命地想要逃走。男孩很严肃地教训着它们，然后合上了篮盖。可当他头一转过去，篮盖就被轻轻地顶开了，兔子的耳朵一根根地露了出来。这场景，简直太滑稽了呀！

我把自己口袋的一根麻绳给了男孩，建议他把每个兔子都拴在身后屋墙钉着的铁钩上，这样兔子们东张西望也跑不了了。

布料商们都集中在市政厅前的圣马丁广场上。有人带来了意大利的锦缎，光彩照人，让我一边摸着一边在脑海里想象这缎子裁出的短上衣！一个商人卖的是英格兰织的羊毛衣，那颜色不禁让我回想起我和爸爸每个星期天在美因茨附近的森林里采集的青苔和地衣。

我很喜欢斯特拉斯堡市政厅的四座尖顶塔，还有那雕满奇怪的齿轮的外墙。二楼以上是议会办公的地方，底楼则租给了工匠。曼特林师傅的柜台在一群面包师傅、雕刻师傅和彩画师傅中间。他派我往那儿送几本书去，还有几份书名清单，这是给城里的富人和商人看的。

印一本812页的带插画的圣经，就是师傅卖给圣玛格丽特修道院的修女的那种，成本超过10000弗洛林，需要动员作坊里的每个人一起工作一年。只有寺院和老爷才买得起这些。

所以除此之外，约翰内斯·曼特林还希望印一些更小更便宜的书。他建议可以印刷圣奥古斯丁①的《书信》，里面解释了圣经里最难懂的篇章，或者是像塞内卡②和维吉尔③这些罗马作家的作品。明年他想印一本教人烧肉和烧鱼的食谱。

明天，我得回集市把这些书和作品的名单发给大商户。

我还盼望着能碰到彼得和莉赛尔。他们说过圣约翰节要来的。

6月23日

夜深了。我本来想着要把白天的事情赶快记下，

---

① 圣奥斯丁（354—430），天主教圣师，古罗马帝国时期天主教思想家，欧洲中世纪天主教神学、教文哲学的重要代表人物。
② 塞内卡（公元前4年—公元65年），古罗马最重要的悲剧作家，精于修辞和哲学。
③ 维吉尔（公元前70年—公元前19年），古罗马诗人，世界文学史上最伟大的文学家之一。

但实在是太累了。况且蜡烛也开始冒烟了！于是，我还是睡下吧……

6月24日，圣约翰节

今早休息。汉斯叔叔叫我别去上班了，他自己去曼特林师傅家帮我请假。

昨天发生的事情有些令人不快。不过一开始还是不错的。天空很晴朗，但没前些天那么闷热。我出门去城中转悠，看到大的货铺就停下来给他们看我手中的书，再留下一张书单。我正把手搁在一户锁匠的柜台上，这时有两人向我走来，将我粗暴地撞开。

"走开，小伙子！"其中一个人叫道，是个眉毛浓密的高个秃子。

他把一个脏兮兮的钱包倒空，一堆布满灰尘的骨头碎片摊在地上。

"嗨，伙计，"他对锁匠叫道。"看过来嘛。知道这是啥么？圣保罗本人的圣骨。买一块五弗洛林，保佑你一生不受邪魅所侵……"

我可不喜欢这吹牛人的粗鲁劲儿，想回到自己原来的地方去。于是，我用小指轻轻地挪开那些骨头，好把我的书放上去。可那男人看见了，马上抓住我的手臂，扭到我背后。

"这年轻人可不得了啊。看看他带来的是些什么。你那羊皮卷上都写着什么？"

"这不是羊皮卷，是纸，"我冷冷地回答道，"上面写着什么和您没关系。"

"来，锁匠，你来看看，告诉我们他卖的是什么！"旁边那个男人说着，那是一个瘦弱的驼子。

"他卖的是书吧，我想，"锁匠战战兢兢地躲在铺子最里头，哆嗦着说道。

"书？"那秃子叫道，"把他的包打开，看看！"

他把我的手臂扭得好痛，既动不了也说不出话。瘦子把手伸进我的褡裢，取出里面的五本样书，在他同伴眼皮下挥了挥。

"还值点钱呢，相信我，比你的圣骨要值钱……"

"你说得有道理，兄弟。这年轻人得把这些书送给我们，为他刚才的傲慢道歉。"

说着，瘦子把我的书装进了他斜背着的布袋中，秃子把我推到地上，然后两个人大笑着逃走了。

几秒钟后，我爬起来追了上去。幸好那秃子的脑袋高过人群。我挤着人群往前跑，一心盼着追到这两个强盗。可惜我徒劳追了许久，总是眼看就要追上的时候，过来辆马车或是位背着蔬菜的农民，浪费掉我宝贵的时间。追到最后，我胳膊依然很痛，力气也快没了。可什么都阻止不了我！我必须得把书弄回来……

"孩子，当心！"

太迟了。我刚撞到一个小姑娘，把她的洋葱撞翻在地。看着她难过的神情，我只有一件事可做：帮她捡起来。

等我再准备上路的时候，那秃子的头已经不见了。我找了半天，附近的每条路都搜了一遍。可抢我东西的坏人已经逃之夭夭了。

我这会儿应该已经来到屠户区了,因为周围到处都是肉摊,空气中弥漫着一股浓重的血腥味。我在牛骨和猪头中间晃了一会儿,恶心得实在没法晃下去了,只能停下步来。看到一座小教堂边上窝着一片墓地,栅栏开着,我便走了进去,找了块石头坐下。

我心情很是沮丧。曼特林会说什么呢?他肯定会把我赶走的。汉斯叔叔呢?会把我送回爸爸那儿去吗?要是古登堡师傅知道我把书弄丢了,会让他多么难受!

我正打算回去的时候,突然听到一阵类似翅膀发出的窸窸窣窣的声音。一个尖尖的声音在我身后响起,似曾相识。

"年轻人,如果你找的是一个高个秃子和一个瘦驼子,我想我可以帮上你。"

我马上想起来了:那是格特鲁德妈妈!我猛地跳了起来。

"你如果是想告诉我哪个巫术秘方,恐怕现在不是时候……"

"啊!你这是怕我啦,年轻人!那我来将功赎罪吧，你是在追他们两个吗？"

"嗯，他们抢了我的书。可你怎么知道我在追他们？"我狐疑地问道。

"格特鲁德妈妈可不是瞎子。看到两个粗人逃出来，过了会儿又看到第三个人窜出来东找西找，她能不知道哪个是老鼠，哪个是猫吗？"

"他们往那儿溜去了，抢你东西的人，"她指着贴着房子后的一条窄窄的小路。"这条路通向伊尔河的河岸和屠宰场，乌鸦桥附近。屠宰场后面有一些马上就要被拆掉的小房子。我肯定他们在那儿。我听说集市开市后，一群给朝圣者卖假文物的流氓就在那儿住下了。"

"我这就去！"

"别，年轻人！这太危险了！你都不知道他们有多少人！去走前面那条路，走到牛门，把这事告诉卫兵，这事儿该他们管。但可别说是我告诉你那些流氓的老巢的。格特鲁德妈妈只留恋墓地和教堂的阴影。"

我按着女巫的指点，跑到牛门那儿，跟卫兵报了警，他们今天已经接到好多起类似的劫案了。他们也没有追问我是从哪儿得知那些人的住处的。一队士兵立即出发前往屠宰场,并答应我与他们同行。

到那边后,他们连鞘中的剑都没动。那群坏人总共也就五个,而且都在庆功宴上喝得酩酊大醉,根本无力反抗。

我的书完好无损地拿了回来。就是书单有些揉皱了,不过我觉得曼特林师傅应该不会为这个责怪我的。这时,天已经很晚了,两名卫兵护送着我回叔叔家,其他的士兵则把劫犯押回监狱。

汉斯叔叔和安娜婶婶见我天黑时还没回家,都急得不行。一见我回来,叔叔便奔进厨房取出炉膛中烤好的醋浸烤面包,还热腾腾的呢。婶婶还是一言不发,可看得出来,她哭过。

似乎莉赛尔和彼得在日间来找过我两次。

6月25日

这下我终于又见到莉赛尔和彼得了。昨天他们又和他们爸爸回到集市,来了趟汉斯叔叔家。安娜婶婶给他们指了曼特林师傅的作坊。见到他们之后，我让彼得看我们是怎么挑选字盘中的铅字的，怎样把它们一行行耐心地排好，怎样用墨水浸湿布球，然后再擦到铅字上。他很快就看明白了。

我想如果他爸爸让他离家工作的话，他应该会成为一名优秀的印刷工人……

我给彼得讲解的那会儿，莉赛尔一直蹲在墙角，一动不动，双臂交叉护着她那装满菊苣叶的篮子。她简直就是一只小精灵，帽子底下是金黄的头发，神情严肃，蓝眼睛里夹杂着斑斑白点。

7月1日

自集市开市以来，安娜婶婶就和往常不一样了。说起来她已经有两回在傍晚的时候，把洗衣篮放在炉子边上，带着纺车坐在我们近旁，为了看得更清楚些，把蜡烛点在边上。当然她没有走来走去，因为要织布的缘故……但每当和我还有汉斯叔叔在一起的时候，她看上去都很快乐。她还问我彼得和莉赛尔的事情，尤其是莉赛尔。她说什么时候我愿意了可以再请他们过来。但我不知道他们是不是可以经常有机会进城。

7月22日

我已经好几个星期都没时间写日记了，作坊里的活儿实在是太多了。师傅希望趁着好季节多印一些，于是整个夏天，我每天从早到晚都趴在字盘上挑字。我们已经开始印阿斯特克萨努斯神父的《两难抉择概论》，这是一本厚厚的对开本大书，两列，每列60行，必须在冬天前完工。

我也没再见过彼得，我想他也在忙着收割庄稼吧。

昨天起，抢我东西的那两人就被绑在市政厅前示众了。不知为何，虽然他们罪有应得我应该表示欣慰，但当我经过他们的时候，看到他们被绑着，受着羞辱，却一点都高兴不起来。不过，我也知道这也是唯一能让他们不敢再犯的方法了。

8月15日，圣母升天节

今天，我和曼特林师傅表示了想在今冬下雪之前出发前往法国寻找尼古拉·詹松的想法，以兑现我对古登堡师傅许下的诺言。他很严厉地回答了我：

"如果你觉得六个月就能成为一位印刷师，那你就太自负了。要掌握一项技能，十年才够。"

他顿了顿，又接着说：

"但我没有和你父亲签过学徒契约。等你到了圣洛伦佐节，满14岁以后，就可以想去哪儿就去哪儿了。"

我们的讨论便结束了。他想的其实跟我一样。我还是会走的，这就够了。

9月1日

昨天莉赛尔和彼得来看我们了。他们想邀请我在九月的第三个星期天去他们家附近的某个果园收葡萄。安娜婶婶那时正在厨间烤面包，她让莉赛尔去给她帮忙，我和彼得则跑去看赛马了。我们俩回来的时候，我在门外就听到安娜婶婶的声音：

"多好玩！我活这么大还从没见过那么好玩的呢！"

我真不敢相信我的耳朵！安娜婶婶在笑啊！她看着莉赛尔满身的面粉和那狼狈的样子，都笑得上气不接下气了；小姑娘刚刚从炉子里拿出她做的歪歪扭扭的烤面包。因为靠近炉子，每片面包都红通通的。看到婶婶那么高兴，我也不禁莞尔。小东西做的烤面包我们都吃了，味道很棒，虽然形状怪怪的……

9月3日，圣格雷格瓦节

今天早上，一位流动商贩经过我们家，他从美因茨来，带来了我父亲写给我的一封信。

我父亲似乎挺好，他在信中说作坊的订货太多，无法脱身。他现在主要在为勃艮第公爵夫人准备一幅上白色釉，嵌30颗珍珠和一颗蓝宝石的金画……

"你走之后，"他写道，"艾德维姬夫人经常来看我

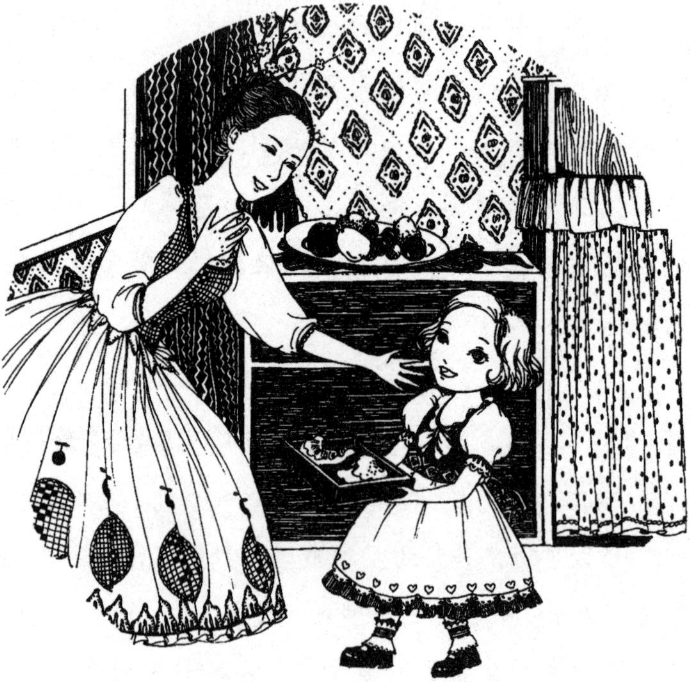

是不是缺了什么。你可以想象一下，就在上个月，她拿了匹羊毛布过来，硬要给我量身做一件过冬的新上衣！"

虽然爸爸没说什么别的，但我知道他肯定被艾德维姬夫人的关心感动了。他在信中提到这事就已经证明了这一点。他也提到了古登堡师傅的近况。"可怜的人，你走之后，他的日子就越来越不好了。总是在家门前坐上好几个小时，抚摸着他的铅字，越发地活在自己的回忆中了。"

我真想快点找到尼古拉·詹松，这样就可以把这好消息告诉他了。

几天后，商人就溯莱茵河而上回美因茨去了。我叫他以后再过来，又付了他几个弗洛林，让他给我爸爸带封信。我得提醒他我一到成年就会离开斯特拉斯堡的事儿，其实也就是几个星期以后的事情。

我希望他能理解我。

9月8日，圣母诞生日

自从我向曼特林师傅提出离开的愿望后，他就不再跟我说话了。如果他要我干什么活，就叫他的儿子卡尔来通知我。这可真令人不快啊。

9月21日

多美好的一个星期天啊！我早早地就出城去彼得和莉赛尔的村子了。我和他们先去做了弥撒，然后就到一里之外他父母的一间果园里收葡萄去了。

莉赛尔说得对。整个乡间都染上了一层金色，阳光下看着令人迷醉。男人把摘下的葡萄小心地放进挂在身上的箩筐里。女人则穿着撩至膝盖的裙子，在硕大的盆中踩着葡萄。

等把葡萄摘完，我们就回彼得和莉赛尔家了。他们的妈妈在家里准备了庆祝丰收的晚饭：一只铁扦烤的鹅，一块加了草药和洋葱的兔肉馅饼，还有啤酒。我睡在猪圈边上，就像第一天在斯特拉斯堡那样。今天一大早我就回去了，差不多准点回到作坊。

10月4日

汉斯叔叔去美因茨协商柳木柴（这是烧红金属最好的木炭）的新价格了。他见到了爸爸，又给我带回来一封信。

"听说你不能在曼特林师傅那儿作长期学徒了，我对此非常难过。你叔叔汉斯尽是夸你，我知道他和婶婶很喜欢你住在他们家。马丁，在你出发之前，得好好想想你失去的将是什么。但你是自由的，我也知道你要完成你对古登堡师傅许下的诺言。

"如果你主意已定，那我希望你在出发前能和汉斯叔叔好好研究一下行程。路上千万不要远离大道，谨防坏人，尽可能走水路，因为这是最安全的方式。一到巴黎，以我的名义去见德尼斯·勒芒占，他是巴黎某个金银匠行会的成员，可以帮你找到住处。"

爸爸还给了我一位伦巴第银行家的地址，他已经给那里寄了一封兑换信。我可以到那里领取300巴黎镑。

信末，他祈求圣母马利亚保佑我旅途平安。

10月15日

格特鲁德妈妈的尸体在刑塔附近的伊尔河边被发现，是被人掐死的。到底是谁杀了她？闲荡的行人？还是拦路抢劫者？……这可怜的老婆婆！

10月27日

后天我就要离开斯特拉斯堡了。我不知道我还剩多少勇气。我真是疯了！在这儿，我有一个家，有待我如亲子的叔叔婶婶，有可供我继续学习印刷术的作坊。而我却要前往一个未知的国度，去寻找一个尚不知是否能找得到的人！有时，一想到再也看不到小莉赛尔，喉头就有些哽咽。

10月28日

我在箱子旁边放上了字盘、装着信的袋子……还有曼特林师傅今天给我的材料。今天,等我干完了最后一天的活,他就把我叫到身边,用下颌指了指一个黄麻布的大口袋,说:

"我知道古登堡师傅给了你一个排字字盘和好多铅字。我这儿是一个黄杨木的小印刷机,是我让车工专门帮你做的。我还加了几个球,一个框架和两瓶墨水。有了这些,你在哪儿都能干活了。"

我听了大为震惊,之前真没想到他会给我这样一件送别礼,我站在那儿一动不动,也不说话。曼特林师傅像是没察觉我的不安似的,继续微笑着说:

"你可以把这些材料背在身上,这么大的一个印刷机不是太重的。当然,要是你还有一头驴的话,就更好了。"

我一下子愣住了，捡起袋子，也对他笑了笑。道谢之后，我又和卡尔握了握手，就出去了。

曼特林师傅送我到门口，拍了拍我的肩膀，轻轻地说了句：

"走吧，再见了，马丁！"

10月29日

我今天早上离开了佛伦霍夫广场，背包的皮带把印刷机夹得紧紧的。腰间挂着的褡裢不断地随着步伐敲打着我的大腿。里面装满了安娜婶婶通宵赶制的面包，现在还是热乎乎的。汉斯叔叔的告别礼物是一个金色的小酒杯，腰间的一串珍珠上刻着我姓名的首字母，"可别喝醉了啊！"他激动地把我紧紧抱在怀中，我都快喘不过气来了！我有点后悔离开他们，汉斯叔叔保证会来巴黎看我。至于安娜婶婶，由于莉赛尔经常来看她的缘故，她真的和以前不一样了：会说，会笑，有时还会唱。于是我总算是稍微放心地上路了。

我在城西南沿着布鲁士河的那条路走，一直走到现在待着的莫尔塞姆。此刻我身处一家挂着鹿形图案招牌的旅馆内，坐在暖暖的火炉边上。我之前没想到第一个晚上就能到达这里，多亏上了一辆马车，才得以在夜幕降临前过了铁匠门。

　　到洛林之前的路程我都记在心里了。汉斯叔叔已经跟我讲了好多遍。离开莫尔塞姆后，我得沿着山谷中的河流穿过孚日山脉一直到希尔梅克镇。然后我得在那儿找个向导把我带到多农山①的另一边。等翻过山后，我就沿着另一条河流——普莱纳河———直到默尔特河边的拉翁城。

　　那里属于洛林公爵们的领地。汉斯叔叔说那儿的木材流送业极为兴盛，我在那儿也许也能找到人把我送到南锡②，甚至经莫泽尔河到图尔。

　　那了那儿，我得想办法走到东边40里外的塞纳河边。然后我就得救了：那儿会有数不清的船只去巴黎，要坐上其中一艘应该不成问题。

---

① 属孚日山脉，位于希尔梅克镇西北部。
② 法国东北部城市，属洛林大区。

10月31日

我终于找到带我翻过多农山山口的向导了。我昨天晚上到的希尔梅克，之前一半的路程在马车上度过，夹在两箱从北海捕来的鲱鱼之间。到现在我的裤子上还有鱼味呢。

到了镇上，所有的旅店都已经满了。最后我在一家小酒店找了个睡觉的地方，那儿有群棕色皮肤、披着羊皮的人静静地掷着色子。店主告诉我因为没有地方，我得和另外两个旅客睡一张床。幸好，这两位猪贩看上去不像坏人。可我几乎没睡着过，多次从梦里惊醒，去查看我的东西是否还在箱子脚下。

所有的商贩都希望能在天冷之前把他们的货物运完：盐、铁、葡萄酒、谷物……他们的马车过布鲁士河前在征税处排起了长长的队伍。

带我过山的向导很少。不过听了昨晚的两名猪贩的建议后，我找到了城中一位箍桶匠的儿子，名叫加斯帕德，他似乎对山中情况了如指掌，同意带我过山。

"把你的东西放在我的驴上吧,"他说,"然后,我们不走那边铺着石头的道路,这会儿肯定是人满为患。我们走另一条更近的小道,那儿更清静。咱们明天一早就走。"

11月25日

我得在伐木人的妻子回来之前把日记写完。她出去捡烧柴的小木头去了,顺便挖点萝卜加在汤里边。我拿着日记本艰难地挪到窗下的凳子边,如果她看到我站着会很生气的。她和她丈夫把我照顾得很好,我不想让他们不高兴。

我在他们家已经住了三个多星期,是加斯帕德和伐木人把我带到这儿的。

要是没有他们,我早就被饿狼撕碎了……

万圣节那天清晨,我和向导依计划离开希尔梅克镇。我们要攀登的那条小路就静静地躺在山毛榉林间。天空灰蒙蒙的,但并不吓人。加斯帕德希望能在6时[①]前到达山口,以便能在天黑前来到山下的弗克桑库尔村。我们静静地往前走着,中间隔着一头驴,上面驮着我的行李和一个羊皮袋,里面装满了水、苹果、黑面包和奶酪。走了两三个小时后,风景和先前不一样了。山毛榉换成了杉树林,一排排密密麻麻的,一束光都不透。地上点缀着一些奇形怪状的石头。

"据说,"加斯帕德开口说,"还不是太久以前,会有人在满月时到这儿来,拜泉中的神灵,穿着兽皮跳巫舞。"

我的步伐一下子加快了。寒风刮得更紧,飞鸟相继噤声。加斯帕德加快步伐,时不时地看看北方的天空,那里升起了一片厚厚的雾霾。他拉了拉毛驴脖子上的绳子,催它快些。我也有点开始跟不上他了,他似乎察觉到了。

"我看马上就要下雪了。"他神情严肃地说着。

---
① 即中午12点。

"下雪？下雪？"我难以置信地重复了两遍。"可现在还那么早，大雁都还没飞过呢。"

就在那时，像是要反驳我似的，几声刺耳的叫唤划破天空，十来只大雁从我们头上飞过……

起先，不过是些白蝴蝶在我们眼前飞舞。接着蝴蝶成了雪花，越来越大，越来越密，把我们裹了起来。很快，一层厚厚的白雪就盖上了小路。每走一步，鞋子就差点要掉了。加斯帕德示意我停下，然后教我如何在雪地上行走。他还从毛驴驮着的袋子里拿出两件羊皮衣，自己穿上一件，又递给我一件。

"走，你这家伙，咱们继续！"他这么叫着毛驴。

于是我们继续上路。我的双足还是深深地没进雪地，怎么也走不进向导的足印，经常摔倒。

"加油，马丁！"他叫道，"我们离山口越来越近了！接着就能下山了！但注意，我们马上要到山顶的草地了。那边被牧羊人开垦过。风可能会更大一点。"

雪下得小路已完全无法看清。加斯帕德似乎在靠着时不时出现的怪石头认路。山脊的线条已跃入眼帘，杉树林已不见，而是换成了一片片光秃秃的拱起的草地。一阵寒风吹过雪地，刮过我们的脸庞。

突然，远处传来一声嚎叫，接着又是一声，这次更加近了。

加斯帕德颤抖了。

毛驴猛地向前踢了踢蹶子，差点没把我摔翻。

"狼，"我的向导喃喃说着，"狼就在那边！"

"狼！"我只能傻乎乎地重复着，"那我们怎么办？"

加斯帕德紧紧地抓住毛驴，观察着山脊线，似乎在寻找什么。但下着这样的大雪，真是什么也看不清。突然，他叫道：

"看，看到那个黑点了不？我就知道在那儿！那是牧羊人夏天住的小屋。我们现在慢慢的走到那儿去。但千万别发出什么响声。我想可能就两头狼，一头公的，一头母的，应该离狼群挺远。"

"什么也听不到了呢，"我大着胆子说，"它们说不定已经走了。"

"不！肯定没有！它们应该已经嗅到我们了，现在正跟着咱们呢。它们只是在悄悄地观察，只要我们一出现疲倦的迹象,马上就会扑上来的。"

这漫长无比的几分钟内,我们望着小屋,不停地爬着坡,在飞雪中不停地眨着双眼以看清前方。

最后我们终于到了,那是一间圆形的小屋,石头砌成的底座,树枝铺成的屋顶。一扇小门只能让一人弯腰通过。

"毛驴!"我对加斯帕德说,"毛驴该怎么办?"

"把它带进茅屋,没别的办法了。"

"可这不可能啊!"

加斯帕德抓住我的手臂,紧绷着下巴,低声说:

"闭嘴!帮我把你的东西拿下来。千万别回头看。"

不用说,我真回头看了。只见一头灰狼正慢慢地靠近我们,尾巴低垂着,嘴唇翘着,一边还低声嚎着。另一头母狼,毛色近白,谨慎地跟在后面。

毛驴也感受到了危险,不住地颤抖着。等加斯帕德刚把最后一只袋子从它背上卸下,它突然恐惧地叫了起来。

这是攻击的信号。

公狼猛地弹到它身上,毛驴狠狠地踢了它一脚。公狼被反击得愣了愣,后退了几步,又重新窜到它身上。我从屋子里抽出一根树枝,想要把它们分开。狂怒的公狼一爪抢下树枝,尖牙咬住了我的大腿。

剧痛弥漫了我的全身,我在雪地上昏倒过去。

等我醒来的时候,正躺在小屋里,加斯帕德俯身看着我。

"我会带你出去的,"他微笑着说,"会把你带出去的。"

他之前撕下了斗篷的一块,缚在我大腿的伤口上,让血出得少些。

我依然很痛,但还是有力气问他毛驴和……狼此刻在哪儿……

"别担心。毛驴在外面,它已经找到了雪下的青草,现在正吃着呢。公狼已经死了,我用匕首刺穿了它的喉咙。母狼转身就跑了。

你就老实地待在这儿,毛驴会在外面看着你的。我现在出去寻找救援。雪已经停了,我刚才似乎听到山脊后有狗叫声,打算去看看。你也知道,我们最好不要在这儿过夜。"

加斯帕德给我喝了点水,就走了。

我可不愿一个人待在这小屋里,带着伤,四周是茂密的森林。要是别的狼过来怎么办?他们肯定会发现我,轻而易举地将我撕成碎片。

也不知过了多久,加斯帕德终于回来了。感觉真是过了很久很久。接着我听到说话的声音和狗吠声。加斯帕德进了屋,身后跟着一只狗,它信任地舔了舔我的脸。然后一个男人走近我看了看伤口,轻轻地对我说:

"钩住我的脖子,小伙子,我把你送到我家去,我妻子会治你的腿伤的。相信我,她很懂这个。"

加斯帕德是在多农山的另一边找到这个伐木人和另外几个农民的,当时他们刚刚追上母狼,用木桩抓到了她。他们之前已经听说山里有狼,所以想要去看一下。

伐木人夫妇就住在山谷附近,橡树林的边上。林中空地的另一边，普莱纳河从他们门前流过，在这儿它还是一条小溪，可等我的腿好了，就要沿着它直到洛林，它在那儿就是一条河了。

伐木人的妻子是个行医人，熟知各种草木。她要在我伤口上敷好多天的芜菁药膏。敷上后，我只觉伤口发烫，整夜奇痒难忍。但等她把药膏撤下来后，伤口的血就完全止住了。她命令我在伤口完全结痂之前不能走动，还给我灌了些苦味的药剂，这是用来防止脓液在腿中滞留的。虽然极为难喝，但我还是都咽下去了。

这会儿她从外边回来了。我得赶快收拾好日记本，躺回床上去。

12月14日

据伐木人说，好天气还会持续很久。尽管天气寒冷，我也该走了。我可不想在这儿过冬呢！关于伤口的骇人记忆已逐渐淡忘，就是走路的时候还会有点不适。一个星期以来，我每天都在雪地里绕着屋子走路训练，还要不断考虑去巴黎的最好方式。我还记得爸爸讲的：水路是最安全的。无论如何，我的腿现在也不容得我在冰天雪地里走上几个星期。所以我得尽快在莫尔特河上找到一艘船。伐木人也向我证实了汉斯叔叔所言：在下游的拉翁，所有的木材都经莫尔特河运往大城市的木匠手中。我或许能乘上某艘运送货物的船只，即可一路向下。只是不知我的腿是否还经得起折腾，但除此之外，我也别无选择。

12月17日

我昨天离开了他们家，沿着溪流来到山谷，一路上还听得见溪水在冰下流动的声音。因为背着字盘和硕大的袋子，我时不时地在冰路上滑倒。我之前砍了一根榛树枝作拐杖，可尽管这样我大部分时候还是得靠我的伤腿支撑。到下游时，我已经一瘸一拐，非常难受了。

幸好，入夜时进了一家村子，村民都非常热情好客。我此刻貌似在萨莱姆县，是以这儿的人还说着德语判断出来的。一群农民在村中的广场聊着天。我走近前去，问是否能卖给我一点面包，并让我在某家的谷仓内住一夜。其中三个人愿意给我提供住处并让我和他们一起吃饭。我有点困惑，不知该选哪位好，还不能让其他两位不高兴。最后，他们一致决定我最好选家中房子最大的那位。

于是我就到温格勒家吃饭去了，接着就在他们的大厅里睡下了，睡得非常好。趁着第二天上路之前，我还能把伤腿放在火边取取暖，顺便写了这几行字。

他家的一个女儿目光不离我的羽毛笔。她有点儿像莉赛尔。主人的哥哥是个木匠，明天要动身前往斯特拉斯堡，我托他给汉斯叔叔带了封信……说来，他现在该开始担心了吧。

啊！要重新回到冰天雪地是需要些勇气的！我盘算着明天能到洛林。希望在艾德维姬夫人那儿学的法语能让那边的人听懂我说的话。

12月20日

旅途很顺。我的船正驶向南锡。今早我到了莫尔特河边上的拉翁镇。一个士兵告诉我港口就在对岸的新城，还告诉我河岸附近有一家艄公。

我找到了那个艄公，给了他几个弗洛林，让他答应带我上船从莫尔特河的另一边出发。

每天，都有从各地而来的一排排树干运往南锡、梅兹①，甚至更远的地方。每个商队都有一艘升着方形帆的平底船监护。有一艘正准备出航。

"嗨，朋友！"我向船长叫道，"带我去南锡要多少钱？"

他从头到脚打量了我。这个大胡子应该对我比较

---
① 洛林大区首府。

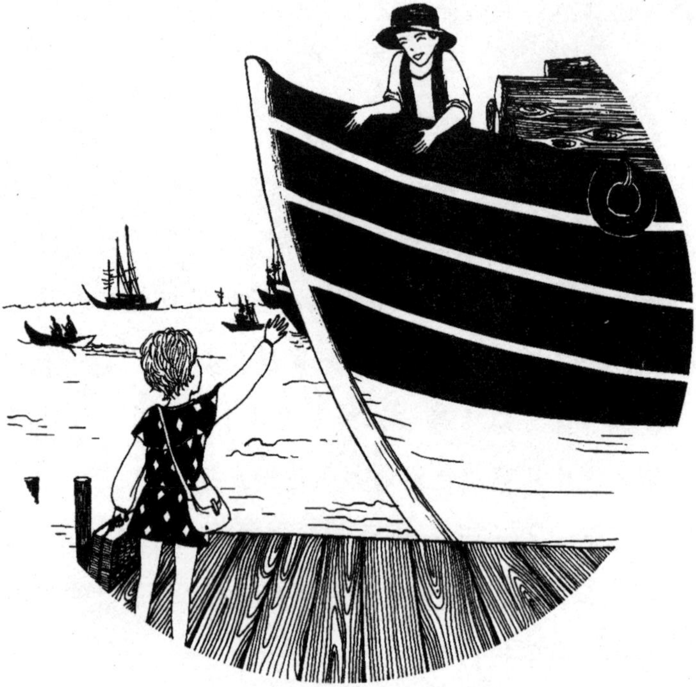

放心，因为他随即对我喊道：

"三个弗洛林，小伙子，如果你能帮我护送这些该死的木头的话！"

我二话不说立马上船。他要一直驶到图尔，这对我数天来不断行走的伤腿来说真是个意想不到的好消息。我和船夫说起了法语，沟通得非常好。

我的日记是坐在船舱的地板上写的。外边结着冰——河面上都漂着些冰块了——瓶里的墨水也结冰了，我得把墨水瓶放在手中暖好久才能融化一些。

12月25日，圣主诞生日

船夫把我送到了图尔，并建议我在"银三叶草"旅馆住宿。我在那儿睡得很香。今天清晨，我在教堂欢庆基督诞辰的响亮钟声里醒了过来。

大胡子也给我指了去塞纳河的最佳路线：范库勒

尔—儒安维尔—布雷尼（那儿就能看到晨曦映在塞纳河中了）。我把这路线谨记在心。

12月31日，圣西尔维斯特节[①]

我到了布雷尼后，是时候让我的伤腿休息一会儿了。我和几个去维兹莱的朝圣者住进了教堂。修女们给了我们一点热汤，我们几个今晚可以在这儿挤一张床。我明天要去找塞纳河。天气日渐寒冷。从图尔到这儿，我没能找到一辆带我的马车。所有的路程都是靠步行，背上还背着字盘和袋子。勒着皮带的左肩已经划出了一道伤口，疼痛伴着我一路走来。

乡间在寒冷中沉睡着。篱笆上结了一层厚厚的霜，冰雪覆盖着田野，路上的泥巴也冻得僵硬。除了几个刨地找萝卜的妇人，我没有遇见任何人。大家现

---

① 康斯坦丁大帝一世在位时的第33位教皇，纪念日为12月31日。

在应该都在茅屋的火炉边取暖吧。果园里只有一群群乌鸦。

我希望能尽快赶到巴黎。希望汉斯叔叔已经收到木匠为我捎去的信了,不然他得奇怪为何还没有收到我的消息。他不知道我受过伤,现在也应该担忧我在路上花了多少日子吧。日记记到现在,离开斯特拉斯堡也已经有两个月了。家人说不定以为我现在已经死了?我也希望巴黎的金银匠德尼斯·勒芒占能很快为我找到住处。这么冷的天,实在不可能露宿街头。

1467年1月6日,主显节

这人山人海!我已经晕头转向了。巴黎看着比斯特拉斯堡大多了!自打离开布雷尼,我已经换了四趟船。南下塞纳河后,起先我夹在几个装满鹅鸭的箱子中间,接着有位菜农让我上了他满是韭葱、胡萝卜和萝卜的船。然后,我又找到一个农民,在他的两捆稻草间找了个位置待下来,那些稻草是他准备卖给缺少饲料的养马人的。最后,快要到蒙特罗的时候,我上了一艘载满布匹运往巴黎的船。

那船把我放在了沙滩广场边的塞纳河右岸。周围,一些洗衣妇互相高声叫唤着,有好几艘船正排着队卸货,负责征收货物税的警官在船间跑来跑去。还有两个人在用锯子锯开已经结成冰块的葡萄酒!

人群嘈杂得让我有些窒息。我挤在吵吵嚷嚷味道颇重的人群中,什么也看不见,只看得见攒动的人头上空有两座方塔,大约是教堂的吧。接着我又被顶了一下,迎面撞上一个犯人,身前套着一块木板,只有脸和手露出来,鼻子上和脸颊的一部分都长着结痂的瘤。他见我盯着他,很不高兴:

"没见过犯人啊你!"他骂着,朝我吐了口痰。

我在哄笑声中擦了擦衣袖。幸好一抬头就见到这家躲在广场角落里的酒家。我默默地捡起字盘和袋子,推开人群走进这间温暖的屋子。这些字都是在这儿写下来的。

1月7日

我总算又安顿下来了,可光线没有在斯特拉斯堡时那么好:窗户外的小路窄窄的,手伸出去几乎就能碰到对面的房子。我此刻在巴黎金银匠的公房内,在双门路和让-勒安蒂埃路德交界处,靠近街区教堂和圣-艾洛依医院。本世纪初,巴黎的金银匠们在这里用400金埃居①买了他们的一位亲友罗杰·拉博泰的住处,将其拆除后重建了一所医院、一间公共大厅和若干供本地老弱贫困的金银匠居住的小屋。十年前,由于医院大小已远远不够,行会便买下了毗邻的房子,也就是我现在待的地方。顶楼的几间屋子是给从别处来到巴黎的金银匠住的。

回想昨天,我还是挺幸运的。在沙滩广场的小酒

---

① 法国当时的一种货币。

馆取了取暖后,我便昏昏沉沉地睡了过去。等醒来之后,大厅已经空了,晚饭时辰也早就过了。老板正在清理大厅。

"哦,孩子,"他笑着对我说,"你一定是太累了吧,瞧你那头枕在袋子上的睡样。"

"我主要是太冷了!"我回答道。

看着老板和颜悦色的样子,我趁机问了他认不认识一个叫德尼斯·勒芒占的金银匠。正如预料的那样,他完全没听说过这个名字。但他知道金银匠们都集中在圣日耳曼奥塞尔教堂附近。

"他们的人数远不如从前,也没那么有钱了,"他神情悲伤地跟我说着,"自从国王和他的宫廷迁往都兰以后,巴黎的工匠们就有些无依无靠了……"

然后,他看看大厅里四下无人,便走近我,低声地说:

"特别是因为法国国王实在太坏了,才不会把金子用在节庆和绣花内衣上呢。你知道不?听说路易十一还用锡盘吃饭呢!金子只用在他帽子上挂着的奖章上了。甚至有时,他还情愿用铅的,因为更便宜……"

这时两个人走进店里,老板立即站了起来,缄口不再诉说法兰西国王的秘密。

招待新客人之前,他给我指了去圣日耳曼奥塞尔教堂的路:

"沿着这条河,差不多走到卢浮宫那儿就行了。"

这很简单啊。我于是继续在沙滩广场的人流中挤出一条道来,向城中更深处进发。之前的取暖休整又给了我新的勇气!

我经过了那将巴黎的两边连接起来的三座桥,一边是我现在身处的地方,另一边巴黎人叫做西岱岛。最后一座桥比前两座更窄一些,上面布满了磨坊。

我一直都没有看到卢浮宫,于是开始有些焦虑。但一个过路人告诉我就在我前面,还要再走一些路。最后,我看到了皇宫上边突出的尖塔。而圣日耳曼奥塞尔教堂就在我的前方右手处。

我走进教堂,一位教士给我指了圣艾洛依街区教堂和金银匠公房的所在。

教堂后弯弯曲曲的小巷让我迷惘了一阵,随后我便撞见了圣艾洛依医院。

那儿一名行会的值班人热心地接待了我。

汉斯叔叔认识的那位金银匠德尼斯·勒芒占,不是别人,正是"五月王子",也就是巴黎势力最大的金银匠行会之一,五月行会的会长。

勒芒占昨天不在,他在作坊里干活,但值班人马上给我安排了阁楼上的住处。作为回报,我只需每天早上帮忙给医院里的病人送饭即可。

1月17日

自从来到巴黎,都很久没法写东西了:瓶中的墨水已全然冻住。昨天夜里,我想了个法子,把墨水瓶塞进床垫下,靠身体的热量让它重新变成墨水。

我到的第二天就去了德尼斯·勒芒占位于双门路上的作坊。他看上去非常亲切,并且告诉我,既然我父亲和我叔叔都是金银匠,那我在金银匠公房内想待多久都可以。我和他说起尼古拉·詹松,但他不认识这人。当我和他说起想在房间里安置工具以便印书的时候，他似乎不是太理解……

他大概以为我是抄书人之类的吧。

我还去找了父亲寄过钱的伦巴第人，轻而易举就找到了他的店铺。那家铺子就在旧币路上，说起来，兑换商和银行家的区域就紧挨着金银匠们，其实他们的人数也比以前少多了，因为法兰西和英格兰之间无休止的战争让他们中很多人离开了巴黎。

我父亲寄的钱如今已在我掌握之中，我只取了五十巴黎镑，因为没有必要一次性全拿出来。伦巴第人叫我在去圣艾洛依医院的路上好好看住自己的腰包，因为巴黎的扒手不但技术娴熟，还自成组织。

我写了两封信，分别是给汉斯叔叔和我父亲的，我把它们交给了德尼斯·勒芒占。

"相信我，年轻人，"他承诺道，"不论何时，在法兰西王国通往神圣帝国各大城镇的路上，总会有一名金银匠行会的成员。我们中的每一个人也随时准备着为其他人送信。你的家人会收到你的音讯的。"

我的大腿还是痛，伤疤泛红，略有肿大。昨天，医院的一位修女看到我一瘸一拐地走路，便走上前来检查我的腿部：

"给我看看你的伤处，"她命令道，"你这条腿行走过度，应该让它多休息。每天晚上睡觉之前把这药膏涂在腿上，几天后，你就可以活蹦乱跳地走遍巴黎了。"

她递给我一个小玻璃瓶。我打开软木塞：真好闻！

"这是用百里香和迷迭香的油制成的膏药，还混杂了一些磨碎的荨麻叶子和蛋黄。用了之后，要来向我汇报情况！"

我昨天晚上涂了这药膏，现在觉得腿已经不那么发烫了。我打算马上去医院把这个好消息告诉她。

每天，快到第三时日课经的时候，我都如约，帮助修女把汤送到病人那儿。他们有三十来人，都是巴黎金银匠界的。里面大多数人都老得没法继续干活了，而且还无家可归。每次看到我们送汤来，他们都很高兴，所以基本上对我们是非常欢迎的。

但其中有一个人令我恶心，他的皮肤上到处生着溃疡的痂盖。衰老使得他的神智也已颇为不清。从早到晚，一吐口水就摇起头。修女们有时为了让他喝下汤，会把他绑起来。

他旁边的人倒是很干净，大家叫他上釉工人雅克。他的故事我是从一个修女那儿听来的。十年前，这个老人是巴黎最好的金银匠之一。但由于视力逐年下降，手指也不再灵活，他不得不放弃工作。他妻子很久以前就死于难产，两个为他錾银器的儿子也发高热死了。他又不愿靠乞讨为生，于是留在作坊里，不生火，每天只靠一片面包度日。

最后，一个冬日的夜晚，他拿起衣物，永远地关上了铺门，来这儿敲开了医院的大门……他在这儿待了下来，热心帮助身边的人，还总给他们讲故事。

圣诞以来，他又害起了咳嗽病，不得不卧病在床。但每天早上见到我，他都要说一句：

"愿上帝保佑你，德国小伙子！"

1月30日

我的法语听上去似乎很怪，但别人还是能听得懂的。我终于把西岱岛、卢浮宫、中央菜市场和沙滩广场之间的路都弄熟了。尽管天寒地冻,街上总是人流滚滚。在美因茨和斯特拉斯堡,人们得小心路中间的猪和马,可在这里,得留个心眼的是驮满袋子、工具和蔬菜的毛驴……它们走着走着会突然停下来叫唤,给人们带来无尽的麻烦……每到这时,行人们就急得吼个不停,因为他们没法继续前行了。所有人都陷入混乱之中,倒给了扒手可乘之机!每次一碰到人群聚集,我便掉头走开。

2月3日

艾米瑞睡在墙角我的床垫上。谁能相信这么瘦弱的男孩子打起呼噜来跟汉斯叔叔一样大声呢!

他可真是个好玩的人。我昨天才认识他,可已经有点离不开他了。

昨天是圣蜡节(法国节日,每年2月2日,是一个宗教美食的双重节日)。我打算试着从西岱岛的另一边去大学区,到圣雅各路去抄书人那儿买点墨水和纸,因为我想试着印一本给金银匠用的小型指南。顺便我还想试着打听尼古拉·詹松的消息,再看看巴黎是否还有其他的印刷匠。有可能知道这些的书商和抄书人都在塞纳河左岸的索邦大学附近。

我沿着河滩向上走,很轻松地来到了圣母桥。横穿西岱岛的时候,我夹在一名骑着骡子的议事司铎和一名骑着马儿的铁贩中间,都快喘不过气了。可到了小桥准备过河的时候,又撞上了一股逆我而行的人流。桥身太窄,两边又都是店铺,我根本不可能强行通过。于是只得无奈地被人群挤下,又退回了圣母院广场。

那些住在西岱岛且有权为教会制作圣餐饼的糕饼师,在圣蜡节那天会来卖些加了糖和桂皮的糕点;糕点上面点缀了些圣画像,人们称之为"赦罪蜂窝饼"。他们把两尺高的炉子挨个摆好,吆喝起来:

"一个德尼埃①两块蜂窝饼哦!两块蜂窝饼只要一个德尼埃!"

糕饼热腾腾的香气夹杂着教堂传出来的熏香味,好闻得很!于是我打算买一块饼。挤到一个炉子面前,离我几步远的地方有个衣衫褴褛的小孩,模样活

---

① 当时的一种货币。

像个长着两条弯曲短腿的侏儒，脸儿脏兮兮的，又大又黑，顶着一头乱糟糟的红发，一双亮闪闪的眼睛盯着蜂窝饼。他饿得只顾盯着炉子，完全不知糕饼师的老婆正用眼角观察着他，一有动静就会冲向他。

轮到我的时候，我瞥见他的一只小手正小心翼翼地往一块饼伸去。糕饼师已经准备开口叫"抓小偷！"了，但我没给他机会：我用手肘顶开那只小手，大声说：

"请给我两块蜂窝饼，一块给我弟弟，一块给我。"

我付了钱，拿起糕饼，将里面的一块递给那小孩，他看了我一眼，眼神中满是幸福和感激。

"你知道哪儿可以清静地吃东西么？"我对新伙伴问道。

"当然知道，先生，跟我来。"

"叫我马丁吧，简单些，"我笑着说，"你呢？叫什么名字？"

"艾米瑞，"他边吃边说。

这孩子溜到教堂内院背后，我也跟着他溜进开在西岱岛城根里的一扇神秘的门，接着我们便到了岛尖的河堤上,在那里可以清静地吃着我们的蜂窝饼,再顺便聊聊天。

艾米瑞自己也不知道生于何时何地。某个春日的早晨,一位卖鱼女在城根后面,圣马丁门附近的垃圾堆里发现了他,那时他正躺在一个篮子里。格莱蕾——他这样称呼那个卖鱼女——每天都去中心菜市场卖鱼。她对这婴儿动了恻隐之心,开始抚养他。可很快她就嫁给了一位韭葱贩,于是再也无法忍受艾米瑞的存在。当时他们住在圣-德尼斯路后面的小棚屋里面,艾米瑞经常挨饿还要挨耳光。于是他便离家出走,在巴黎晃荡了好几个星期,冷的时候便躲进地下室睡觉,有时也和城里的流氓们厮混。

听着他悲惨的身世,我脑海灵光一闪:为什么他不能和我一起住呢?他看上去很聪明,贫穷似乎也没有磨平他快乐的天性。一个印刷工人需要收学徒,我可以教他一些基本的技艺,而且我相信他还可以帮医院里的修女做些事。

我把想法告诉了他,他脸一下子发白了,接着握住我的手,抱住了我。我抽回手,有些不安。

"就这么说好了,"我决定了,"你今天晚上睡我那儿,但得先带你去塞纳河洗个澡。"

洗完澡的艾米瑞长着一张布满雀斑的脸,那一双迷人的绿眼睛简直让人忘了他硕大的脑袋、矮小的体型和过短的四肢。他的笑容让人没法对他发火,主管医院的修女立即就被那笑容迷住了。她同意让他和我住一起,还雇用他去厨房帮忙,叫他取出病床间装满热煤的炉子。她又瞥了瞥他身上的破衣服,说今天会给他换身干净的。

✤

2月4日

我今早出去找格莱蕾,告诉她她收养的小孩要换地方住了!换上新衬衫的艾米瑞神采焕发,衬衫长至双膝,束在他那肥大的长裤里。在巴黎晃得久了,艾米瑞显然对每条路都烂熟于心。他把我带到了中心菜市场。我可从来没看到过那么多的食物集中在一块儿：小山般堆着的卷心菜、胡萝卜、芹菜萝卜、韭葱，这些是时下唯一可见的蔬菜了；还有卖下水的小贩、席地而坐切着肉的屠夫、面包贩，打开袋子放在地上的香料贩，旁边还有一桶桶的葡萄酒、家禽、兔子、鱼贩，和将篮子顶在头上吆喝的卖鱼女：

"熏鲱鱼！熏鲱鱼！"

艾米瑞老远就看到那高出人群的鱼筐，他跑过一个又一个卖鱼女，在货摊和食物堆间灵活地前进着。我很费力地跟在后面，每时每刻都担心自己会闯祸。最后，他认出了格莱蕾，叫了她一声。可怜的女人脸上坑坑洼洼的。她听到我要带走艾米瑞，神情颇是欣慰，只是还要装装样子叹会儿气：

"他从小这些年来，冬天也好，夏天也好，我都像亲生儿子一样地喂养他。现在呢，总算长到可以帮我拣鱼的年龄了，他倒好，跑了！不觉得惭愧么！"

我给了她五镑算作补偿。这比她想象得要多。于是她再也不作声了，友爱地拍拍艾米瑞的脸，又向我致了意，便带着她的鲱鱼离开了。

2月8日

今晨，我和艾米瑞一早就穿过小桥，去了大学城。桥上已是人流滚滚，但我们还是过桥到了左岸。索邦大学旁有条路，我们沿之而上，进了一家抄书人的大作坊，这家作坊德尼斯·勒芒占有和我说过。四个身着深色长袍的男人正伏在各自的案上，安静地誊着一副抄本。只听得见羽毛笔沙沙作响。

"打扰了，我想买点墨水和纸张。"

话音落毕，回答我的是一阵逼人的寂静。所有的抄书人都从案上的工作抬起头来，看着我们。里面最年长的一位朝我们走来，用不太让人舒服的语气问我：

"您为什么需要墨水和纸张呢？要抄书？谁派您来的？大学？还是哪个书商？"

这听上去真像是审讯一般……

直觉告诉我应该保持沉默，这会儿可绝不是告诉这帮人我是印刷师，想从事新兴的印刷业行当这事的时候。可艾米瑞却完全没意识到有什么危险，他依着那惯常热情的性子,开始解释起来:我们住在圣艾洛依教堂和金银匠医院的边上,打算用我的印刷机印一部指南……

我踢了踢他的腿肚想让他闭嘴。

可太晚了。

"我们这儿不卖墨水,也不卖纸,年轻人!请给我出去!"先前询问我的抄书人下了命令。

我们立即离开了作坊。一路上,我再也无法克制住自己的愤怒:

"你这嗡嗡叫的小飞虫!就从来管不住自己的舌头么!"我对艾米瑞嚷道,他正不停地摇晃着双腿,"还有,别再整天动来动去了,我都被你累死了!"

我们又动身去找下一家作坊。我走得飞快,艾米瑞都快跟不上了。我心里很清楚,可我实在是太生气了,于是故意加快了步伐。可几分钟后,我的怒火就退了。我偷偷地看着我的小伙伴,只见他神色忧伤,让我觉得自己是多么的愚蠢,又多么的恶毒。于是我停了下来。

"对不起,艾米瑞,"我对他说,"我不该这么对你。我只是不信任那些抄书人罢了。你得向我保证以后不乱说话了,只有看到我示意才能说话。"

"我保证,马丁,我保证!"他叫着。

"我很抱歉。"说着,我抹去了他脸上的一滴泪水,他那永远脏兮兮的小脸上留下了道黑黑的印迹。

之后一家作坊里的抄书人显得友好很多。我们带走了一捆纸和三大瓶墨水,小心翼翼地带回了家。

我真的很后悔对艾米瑞发火。今天终于知道他有多么在乎我的看法。除了我,这世上还有谁会在意他呢?我还有爸爸、艾德维姬夫人、汉斯叔叔、安娜婶婶、古登堡师傅惦念着,甚至是曼特林师傅都会时不时地想到我。

2月25日

自从我们买到了纸和墨水,我便开始投入到工作中去。我从本区的一名金银匠那儿借来了一块长长的木板和两个搁凳,安放在房间的窗户下面。我们把字盘和所有的铅字都放在左边,旁边再放上墨水瓶和布球,然后固定好印刷机,最后在木板的右端搁上纸堆。目前，我还不准艾米瑞去碰墨水。我现在正教他认字，他已经能认出一半以上的字母了，且已经能熟练地将铅字排成行了。

可我买的墨水还有些不便之处。可能用来手抄是相当不错的，但对我来说似乎太稀了。我试着给布球蘸上尽可能少的墨水，再尽可能轻地去擦字。可没用，印出来的页面上依然会有太多的墨污。墨水还弄脏了我的双手和衣服。

我总是有些沮丧，幸好有艾米瑞从早到晚给我唱歌解闷。他的声音甚至能盖过沿街的小贩。我也不知他是怎么了，可自从二月初来，他每天都要上我们那条街，每次都要喊相同的一句话：

"巴黎城堡的皇家长官有令，将废水倒出窗户外前，必须大叫三声：'当心水！当心水！当心水！'"

我想街区里的每家每户都听到了吧。

3月1日

这个星期，有一位斯特拉斯堡的金银匠会友来到巴黎，给我捎来了汉斯叔叔的一封信。他和我爸爸都已收到我的信。此前由于我音信全无，他们都非常焦急，现在已经放心了很多。他在信中告诉我彼得前不久刚回到城里，成为了曼特林师傅家的学徒，他还告诉我守斋日的时候，他试了一种加了鱼的新式白肉冻，很美味，还有安娜婶婶也总是为我神伤。

天终于暖了起来，可梅尼尔梦塘和蒙马特河上的冰融化后，就成了湍急的水流，夹杂着散发着臭味的泥土，注入城中。好多地窖都被淹没了。路中间已宛如河流一般。要想行走，必须得待在离房屋最近的铺石道高处。

1468年4月2日，复活节

听说旧城门后，寺中老妇路路口那里出现了几例鼠疫疫情。有人说整个巴黎有三十多个病人，还有人说病人已达数千。该信谁呢？家里有人染病的房屋，门外都画上了白色的十字。澡堂都关门了，公共剧院也被禁止入内。整个圣周①，圣克莱班和圣克莱比尼安②的遗骸盒被游行带着穿过了整座城。我和艾米瑞都尽可能地不出去。

我总要花好多时间来印出质量较好的书页。加了一点磨碎的骨粉后，墨水终于不那么稀了。只是印版会在印刷机下移动，字母会弄混。

而我本来觉得自己已经是个印刷大师了！现在我才知道为什么曼特林师傅说想要掌握一门技术得花十年了。有过几天，我只想停下手头的一切，折回美因茨，去我父亲那儿当个金银匠学徒。如果我能找到尼古拉·詹松，我便能继续向他学习印刷术了。可这人在哪儿呢？别说斯特拉斯堡了，似乎这儿也没有人认识他。所有的金银匠，所有的书商，所有的抄书人都从来没听到过这个名字。我觉着可能巴黎一个印刷师都没有。

---

① 基督徒将复活节前的一周称为"圣周"。
② 公元3世纪的殉道者，为兄弟二人。

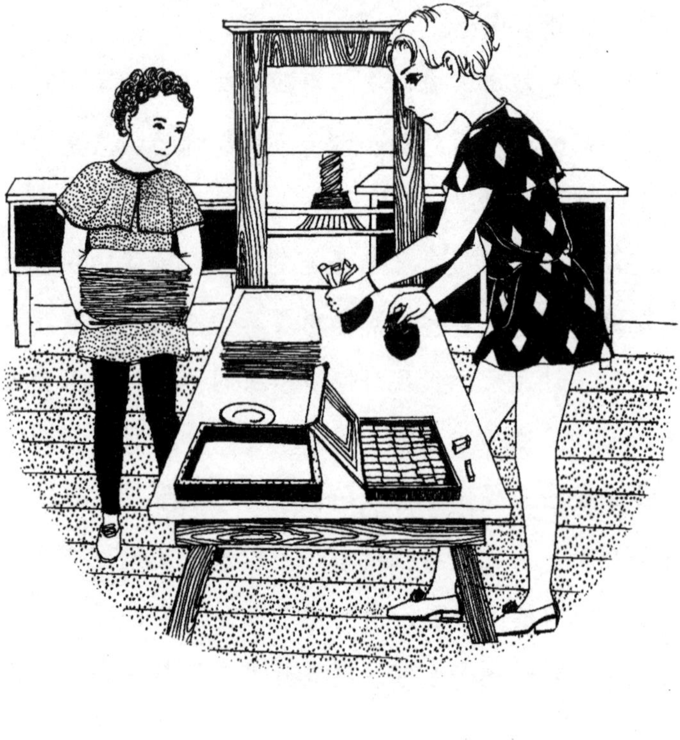

幸好还有艾米瑞。他差不多已经能阅读了，这是个从不气馁的人，执着更甚于我。也许是因为他此前的生活太困苦了。

昨天晚上，我们都迟迟无法入睡，于是就开始聊天。艾米瑞喜欢打听我在美因茨的故事。他最喜欢问我关于大乌利奇的事情了：

"那这样说来，他总是嘲笑你的头发吗？他真是因为你认字所以老把你当成胆小鬼吗？你为什么不和他打架呢？你朋友不多真是他造成的吗？"

最后，他总是说这句话：

"不管怎样，你现在有我做你的朋友了。"

有时，他又缠着让我模仿汉斯叔叔给他看，让我描述莉赛尔的模样，在他心里，那真的就是个小精灵。起初，我也试着问他一些事。可他总是避而不谈，打个马虎又岔到别的事上去了。

于是我心领神会，便再也不问他了。

可昨天晚上，他突然问我：

"马丁，你吃过死老鼠吗？"

我吓了一跳。

"没有啊,艾米瑞。"

"我吃过,饿得肚子抽筋,两腿发软的时候会吃。"

我默不作声。

接着,又听见下面这些断断续续的话,讲得很快:

"每当我饿慌的时候,我就蹲下来试着和疼痛说话,叫她别发声了。可有时,她力气比我大。那些日子里,我就打算杀点什么东西来吃吃。我还不认识你的那会儿,有时会到奈斯尔塔的边上去转。那儿有一张网铺在塞纳河里,以拦截溺水而亡的人和人们扔进河里的尸体。巡逻的人会在河滩上视察,每天一早会来收网。可天亮前,一个小孩子是可以抓着网溜进水里的,别人看不到他。尸体上总是可以捡到些东西:戒指,钱包里的硬币,甚至还有不错的紧身长裤……然后我就把捡到的东西带给大泰利埃,他是个混混,是幼童墓地后面一个穷人帮的领头。作为报偿,他会给我几个苏①买东西吃。拿了钱,我只惦记着自己饿

---

① 当时的一种货币。

着的肚子，可之后，我才想起我刚刚是抢了死人的东西啊。我不禁颤抖了起来，感觉自己被魔鬼侵吞了。我暗暗发誓再也不要帮大泰利埃干活了。

"可后来我被格雷莱赶出家去，身上一片面包都没有的时候，我又回那边去了。现在这些事情你都知道了，"说到这儿，他叹了叹气，"你会把我赶走吗？会吗？"

我在黑暗中起身，抓住这孩子的肩膀，向他发誓我永远不会这样做，只要我还活着，就不会让他再去做这可怕的活计换面包吃。接着我就催他快睡，因为今天我们一大早得去医院换床褥。

5月2日

疫情的警报昨天就发出了。两个星期以来，城里没有听说过新的病例。晚上6时，教堂震耳的钟声里，"五月王子"行会首领德尼斯·勒芒占在圣母院的大门前，种下了一棵缀着丝带和徽章的树来纪念圣母马利亚。接着我们去公房的大厅里吃晚饭。艾米瑞和我对受到此次邀请都感到非常自豪。这是我吃得最好的一顿饭：一只浸在酱汁里的烤鹅，外面围着炭烧胡萝卜和刺菜蓟叶，顶上加了几颗白豆蔻。我们还尝了一种来自博恩城郊的美味的葡萄酒。

5月10日

我那本小册子指南已经印出一半多了，等到月底，应该就能有十几本样书出来了。我想把它们给索邦附近的书商们看看。

艾米瑞一直在陪着上釉工人雅克。自春天到来后，老人的咳嗽便好得差不多了。可他身子却更虚弱了。于是艾米瑞命令他每天都得在教堂医院前面的花园里走几步，雅克一边走一边靠在艾米瑞弱小的身躯上。这真是一幅奇特又感人的画面。从那会儿起，每天傍晚，这孩子都要下楼去看他的朋友，盘腿坐在他的床上，听他讲恶龙、独角兽还有其他魔幻圣灵的故事。

6月2日

这几天跟中了魔似的，巴黎人迷上了一种来自意大利的名唤"八哥"的鸟儿，能模仿人声，还能学着重复几个词。商贩们把它们关在笼子里，挂在店铺的屏风上，一时噪音不绝。

7月5日

终于！我们印完了《金银匠工艺指导手册》的十本样书！我为我们的成果骄傲无比。一点墨迹都没有，每个字母都是那么的清晰。人们肯定说这是抄书人誊写的!

明天我们打算去拜访一位之前我已经听说过的书商，问问看他是否能帮我们联系一位装裱师。

7月7日

我真想把我的印刷机烧了，这个城市不需要印刷师。我不想拿自己和艾米瑞的生命冒险，实在是太危险了。昨天，我真觉得他们要把我们杀了。这些人真是太可怕了，而且没想到最后我们被一个混混救了下来……

不过关于这可怕的一天，我还是应该从头说起。

我们这次还是清晨就出发了，以便在人流增多前赶到小桥的入口。我用两块布包了两本书。一本交给艾米瑞，另一本我自己夹在腋下。

我要去拜访的书商名叫帕基埃·博诺姆。我某天重新去买墨水的路上经过他的书店，不知怎么对那儿心生好感。也许是看到了柜台后书架上那一排排整齐的书，闻到了从门口溢出来纸张和灰尘的味道，让我顿时想起了古登堡师傅的住处。

一进门，我立即就认出了那位书商，他的长袍上别着象征文化人的长方形勋章。尽管天气炎热，他的鬈发上依然戴着帽子，象征着学者地位的帽纱拖在肩上。他坐在书店的最里面，对面有一人，略微驼背，身着一件朴素的灰色礼服。他们看起来应该是在核对某个抄本，看看里面的错误是否过多。他们把一页上每个字母都检查过后，便慢吞吞地翻到下一页去。

看到我们进来后，书商起身非常亲切地问我们是否需要什么帮助。这友好的欢迎给了我鼓励，心中的不信任一下子都抛诸脑后，我拿出我们带来的书，给他看了手册的前面几页，告诉他我是一名印刷师，这些书页都是我用自己作坊里的一个小小的印刷机印刷的。

书商拿起柜台上的一只放大镜，开始仔细地查看摊在他面前的书页，似乎完全忘了身后那位一直沉浸在抄本中的灰衣男子。

"还真是印出来的字啊，年轻人，"他说道，"我卖过几本美因茨的德国人印的书。我对这新兴的工艺很感兴趣。先把你们的书页拿回去，最好不要存在我这儿，不过一个星期后记得回来，到时我这儿会来一位为索邦大学工作的装裱师。您可以跟他谈谈，把您的书交给他。"

接着，书商斜眼朝后边瞥了一眼，似乎在担心身后那个灰衣男子是否在偷听我们的对话，见他并没有动静，便放心地回过头来，压低声音问我：

"那您是想要在巴黎开一家印刷坊吗？祝您成功，只是要当心啊……"

我一边整理书页，一边思索着这警告的含义，这时灰衣男子从凳子上站了起来。我一下认出这就是那个几个月前把我赶出作坊的抄书人。他也认出我来了，阴郁地扫了我一眼，一言不发地走向大门，离开了。

"我想洛朗·勒鲁日看到你们在我这儿不是太高兴，他甚至都不想在巴黎看到你们，"帕基埃·博诺姆也察觉到了，"要当心他啊，年轻人。几年前，德国人第一次把印好的书送来巴黎的时候，那些抄书人断言他们靠着恶魔的力量抄了书，还指控他们施了妖术，把他们赶出城去……今天他们可能不敢在光天化日之下这么做了，因为他们知道德国和意大利的各大城市中都出现了不少印刷坊。可他们还是要不惜一切,尽可能不让印刷术在巴黎出现。"

"为什么会这样?"艾米瑞震惊地问。

"因为他们担心这样一来他们的活就少了,孩子,你知道,巴黎很多大学生都在抱怨没法搞到他们学习必需的法学书、修辞学论文、医学论文等等……这些都得依靠为大学工作的抄书人。常常得等好多年才能买到一本书,而且错误多得都没法用。等哪一天,巴黎的学生能有大量便宜又没有错误的书籍可买,索邦大学抄书人的命运也就走到尽头了。

"所以洛朗·勒鲁日走出去的时候才会用那样的眼神看着你。他手下的作坊是城里最有实力的抄书坊之一。"

"行了,我的孩子们,"帕基埃·博诺姆突然叫道,"我话有点多,有点多了。我要去见商会会长了,有一本非常棒的彩画薄伽丘作品集要给他看。"

"快走吧,下个礼拜再回来,不过不要说出去……还有记得小心。"

我们走出书店。我感到莫名地难受。我反复地思来想去：那些抄书人真的这么恨我们吗？我并没有伤害到任何人啊。帕基埃·博诺姆是不是说得有些夸张了？可他为什么要这么说呢？

这回，艾米瑞也觉察到不是说话的时候了。我们默不作声地慢步走向塞纳河。

穿过西岱岛的时候，我开始起了疑心，感觉似乎有人在跟踪我们。我回头看了看，好像在人群中看到了那个灰衣男子，旁边还跟着个戴黑色圆帽的男人，帽子拉得很低，直到鼻子。我努力让自己冷静下来。

"傻瓜，"我嘟哝道，"穿灰衣服的男人可有好几百个呢！"

"你说什么？"艾米瑞问道。

"没什么，没什么，继续走吧。"

又走了几百米，我又朝后面看了看，不看不要紧，一看直让人心跳加快：灰衣服和黑帽子依然在那儿，而且离我们更近了。

我们这时已经来到了圣母院桥的入口，我抓住艾米瑞的手臂，低声说：

"我做什么，你就做什么，千万别表现出惊讶的样子。"

于是我在一家面包铺前停了下来。我一边偷偷地瞄着灰衣服和黑帽子,一边装出像是在犹豫买小麦圆面包还是黑麦饼的样子。他们也像是恰巧在我们几尺外的地方停了下来,专注地看着一家蜡烛铺。这回我的疑虑完全消失了:这两个人确实在盯着我们。

我一直拉着艾米瑞的手臂。离开面包铺之后,我将他快步拉至桥上,对他说:

"千万别回头,艾米瑞。我们被跟踪了,我想那个抄书人可不是想请我们去吃晚饭。你这下得好好回忆巴黎的路了,你知道有什么地方是这两个坏蛋不想送我们去的么?"

艾米瑞皱起眉头和鼻子,他每回开始紧张地思考,都会这样。他想了几秒钟,叫了起来:

"我知道该去哪儿:去幼童墓地那边。那儿我知道有个藏身之处。我们可以在那边待到今晚,等太阳落山后再出去。夜里没人敢去那边。"

"就这样定了,你认识路吗?"

"当然认识。"

"我跟着你。一到大城堡,我们就开始奔,把他们甩在后面。"

于是我们继续装着若无其事的样子,沿着塞纳河一直走到城堡。盯梢的人跟得更近了。

等到了圣德尼斯路拐弯处,我们突然开始狂奔。跟踪者惊了一下,顿了几秒钟,便开始追赶我们。

艾米瑞不停地拐来拐去,想要把他们在圣-厄斯塔什教堂周围迷宫般的小巷里绕晕。可这似乎是徒劳,因为我们的跟踪者看起来也对巴黎了如指掌。因为还背着书,我们的脚步不觉慢了下来,这让我们的跟踪者占了上风。我们必须尽快赶到墓地躲起来,希望他们不敢跟着我们进去。

我们靠着最后一口气,登上了奶酪坊路,向右拐,通过洗衣坊路和铁器坊路路口的那扇门溜进了墓地。

我们停了一会儿,靠着墓地周围一根拱廊的柱子喘了口气。

"跟着我,快。"艾米瑞在我耳边说。

我们弯下身,小心翼翼地穿过一块空旷、坑坑洼洼、令人恶心的泥泞,同时提防着不让自己掉进坑里。接着，我们来到了一根雕着圣母像的柱子面前，艾米瑞移开了两块没有封住的石头。

"这是林中圣母塔。进去吧，里面是空的！"

我们把两本书扔进塔中，然后溜了进去。

刚好在这时，灰衣服和黑帽子出现在了墓地的入口。

透过两块石头留下的口子，我们看见他们正小心地一路前行。他们身后，拱门下渐渐升起了阴影，在那里边我看到了幅巨大的彩绘壁画，上面画着好些骷髅，或全裸，或裹着一块布，握着镰刀或是拐杖，恐怖地笑着，拉着活人，和他们一起跳阴森的骷髅舞。我似乎都能听到这些骷髅的冷笑声。

拱门上好像有些堆起来的木片，细看才发现是头骨，有上百个头骨堆在那儿。

我不禁颤抖起来。

"别担心，"艾米瑞喃喃道，"他们找不到我们的。"

可这两人四下里拼命地寻找，竟然离我们越来越近了。他们的呼吸声已在耳边。

不巧就在这时，艾米瑞突然打了个重重的喷嚏，整座塔都抖了一抖。

"出来吧,臭小子,不然就把你们活埋起来!"洛朗·勒鲁日叫道。

我们拖拖沓沓地走出了藏身之处。黑帽子紧紧地抓住艾米瑞,洛朗·勒鲁日把我按在塔墙上,从腰间抽出一把刀来,刀尖在我脖子下划过。他笑着说:

"好吧,印刷师先生,你并没有我们想得那么自命不凡。现在给我好好听着,要么明天就滚出这座城市,要么我让士兵把你抓起来,判你巫师罪把你活烧了……当然,除非你在城堡的监狱里就死了。"

"我不怕你们,"我拼着命说,"你很清楚,印刷术最终会在巴黎遍地开花的。就算你们把我杀了,也会有其他的人来,他们会为我报仇的!"

"闭嘴!你这兔崽子!"他失控地大叫起来。

他把刀尖更用力地顶住我的脖子。我痛苦万分地闭上了眼睛。

"看来我真要死了啊,"我心想,"上帝啊,救救艾米瑞吧!"

可那把刀居然没把我杀了,而且还离开了我的脖子,接着,灰衣男子也放开了我。

我不禁睁开眼睛。

一个高大的小伙子，穿着一件宽大破烂的紫色外套，握着一把剑轻轻地顶在抄书人的腰上，这下轮到后者战战兢兢了。他的同伴也已经放开了艾米瑞。

"小艾米瑞，看得出你有麻烦了，"小伙子说道，"要不要我帮你和你的朋友把这些不受欢迎的人赶走？"

"当然要了，大泰利埃，"已然恢复淡定的艾米瑞回答道。

原来这就是大泰利埃，艾米瑞从前效力的流氓头子。他娴熟地在勒鲁日先生背后划上一刀，一看就是个精于摆弄刀剑之人。他划破了勒鲁日的紧身长裤上某个要紧的部位，然后抓着勒鲁日的肩把他提了起来，一字一句地说：

"你要是再找他们的麻烦，大泰利埃可就要把你们送到塞纳河底去了……现在，趁我还没砍下你的头，给我滚！"

他放开了灰衣男子，那两人灰溜溜地逃走了。

等我们转身要感谢大泰利埃的时候，他已经消失了。

艾米瑞看上去并不惊讶。接下来，我们很快就找到了回家的路，可我们的书页却依然散落在那儿，永远地躺在了林中圣母塔底的泥泞中。

8月8日

自从那天和洛朗·勒鲁日交锋以后，我每次触碰到印刷材料时，双手都忍不住颤抖。印刷机、活字，还有字盘已经闲置在那儿一个多月了，这一切都源于我内心的恐惧。我没有去帕基埃·博诺姆那儿见装裱师，我甚至都不敢再踏入索邦大学区一步。艾米瑞呢，则对大泰利埃的恐吓之效深信不疑。显然，他把事情的来龙去脉都告诉上釉工人雅克了。真该看看他是怎么手舞足蹈地模仿两个抄书人可怕的模样，又怎么在医院的床铺间跳来跳去，挥着一把想象中的剑来模仿大泰利埃的！所有的病人都观看了他的表演，修女甚至不得不进来叫他小点声。

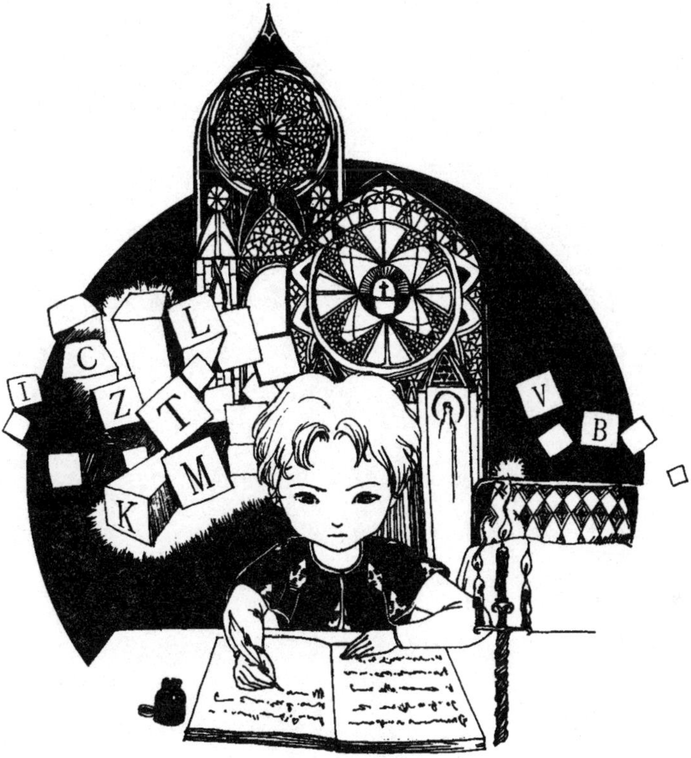
I
C
L
Z
T
M
K
V
B

"马丁,别再苦着脸了!"他已经无数次这么对我说了,还撅起鼻子来惹我发笑,"相信我,勒鲁日和他的朋友决不敢再惹巴黎的流氓。我们继续干活吧,他们现在不敢来找我们麻烦了。"

可我心中的不安却无法消除。我无法忘记那男人仇恨的目光,还有那顶住我脖子的刀尖。

也有几天,我试着让自己理智起来,我觉得自己真是可笑又胆怯。可我实在无法战胜那深深的恐惧。在进驻这城中已达上百年的数十名抄书人面前,我和艾米瑞难道不是单枪匹马的吗?

如果我知道应该做什么就好了……理智告诉我应该离开这座城市。到底应该继续寻找尼古拉·詹松的足迹,来兑现我对古登堡师傅许下的诺言,还是回到斯特拉斯堡继续我在曼特林师傅那儿的学业呢?我至今没有找到任何尼古拉·詹松的蛛丝马迹,我对他并没有比一年多前我离开美因茨的时候了解更多。再者,艾米瑞怎么办?怎样对他来说才是更好的呢?我今早去了圣日耳曼奥塞尔教堂,在圣母马利亚面前做了祈祷,恳求她的启迪。

我也不想对德尼斯·勒芒占和其他的金银匠诉说我的烦恼。我对他们并不知根知底，我也不清楚他们到底是会站在我这一边，还是抄书人那一边。

不过我还是趁着一位纽伦堡的金银匠在巴黎停留的时候，托他给我父亲带去了一封信，信中我询问了他的意见。纽伦堡离美因茨不是太远，希望这封信能送到。

8月15日

感谢圣母马利亚护佑这美好的一天！

我3时刚过就出了门，留下艾米瑞在医院里陪雅克。我打算去见见书商帕基埃·博诺姆，把我们的事跟他说一说。但我想一个人去，这样就不会让艾米瑞再一次遇险了。

推开书店大门的一瞬间，一个人正好走出来，差点和我迎面撞上。

帕基埃·博诺姆认出了我,叫起来:

"年轻人,你总算是来了!你们之前到哪儿去了啊?"

然后他奔出去追上刚出去的那人:

"菲歇师傅,菲歇师傅,这就是我跟你说的那个年轻的印刷师。你看,我没有骗人吧,确确实实有这个人啊!"

我不是太明白为什么帕基埃·博诺姆如此兴奋地将我介绍给这位先生。我心里有些提防,略微冷淡地向他行了行礼。不过他真诚的神情和话语很快让我打消了疑虑。我想我可以信任他。

纪尧姆·菲歇坚持要带我去旁边的一家酒馆喝点葡萄酒,并顺便和我说了他的计划。他的家乡在萨瓦①,现在是索邦大学的修辞学老师。索邦的另一位老师让·海林之前在巴塞尔②工作,对那儿的印刷业有了解,他说服菲歇先生招一批印刷师过来帮学生印一

---

① 法国东南部旧区。
② 城市名,今属瑞士。

些错误较少的文本。学校也对他们表示支持,甚至同意腾出些场地给印刷师用……这样一来,抄书人只能让步……

让·海林还说服了他在巴塞尔的一位昔日学生,米盖勒·弗里布尔杰到巴黎来。他如今已是阿尔萨斯科尔马①的一位印刷师。

他很快就要来这儿看地方,然后再回去叫上两到三名工人,大约能在复活节前正式进驻巴黎。

菲歇先生表示,如果我愿意,可以和这位新来的印刷师一起工作。

回家的路上,我如释重负。

8月20日

正所谓好事成双,我今天早上突然听见从底楼传来一个熟悉的大嗓门:

"你们这儿有没有一位叫马丁·格兰伯姆的?"

这活生生是汉斯叔叔的声音啊!他从我父亲那儿

---
① 阿尔萨斯一小镇。

得知我遇到了麻烦，于是他想到的最好的法子，就是请了一位车夫把他一站站地送到这儿。

"你不会以为我会任凭法兰西的抄书人把你吃了吧。"这是他给我的理由。

汉斯叔叔准备住上几天，晚上睡在德尼斯·勒芒占家。啊，能再见到他我是多么高兴啊，还可以和他说说我和索邦老师的会面！

艾米瑞似乎被他吓到了，足足一分钟才缓过神！

9月1日

汉斯叔叔昨天动身回斯特拉斯堡了。我有点伤感，不过我又和菲歇师傅再次碰了面，他告诉我阿尔萨斯的印刷师马上就要来了。我恨不得能和他立刻见面呢。

9月12日

我终于打听到尼古拉·詹松在哪儿了！他前不久

动身去意大利威尼斯当印刷师了。真是难以置信,这么多月后,我总算得知了他的踪迹。米盖勒·弗里布尔杰,也就是刚刚来到这儿的阿尔萨斯印刷师,过去数年一直在巴塞尔修炼技艺,在那儿与尼古拉熟识。他告诉我古登堡师傅说得没错,那人的印刷术堪称一流,能印出非常完美的书籍。

那么我应该留在巴黎,还是……去威尼斯?

10月2日

明天是我们在巴黎的最后一天。我要和艾米瑞在圣方济各节①那天,也就是十月的第四天动身去威尼斯。经过了一番深思熟虑,我最终还是决定上路。还有什么比恪守我对古登堡师傅许下的诺言更重要的呢?再者,那个新奇的世界也令我向往……据科尔马

---

① 天主教圣人,纪念日为10月4日。

的印刷师说，那是一座建在水上的城市，全欧洲最优秀的艺匠都聚集在那儿……

另外，我还是无法完全信任菲歇师傅，对巴黎的抄书人我依然持着戒备之心。我不知道这座城市是不是真正做好了迎接印刷师的准备。

也许将来，我会再回来的……

我让艾米瑞留下，医院里的修女院院长会照顾他的。可他毫不犹豫地抛出一句：

"我永远都跟着你，不论是下地狱，还是上天堂！"

这会儿，他去和上釉工人雅克道别了，虽然他从没和我说过，但我知道他一定很舍不得雅克。

10月4日

我们今天一早从圣-维克多门出了巴黎。天气非常温和。我久久回头遥望城根后的圣母院塔。艾米瑞则好久一言不发，双眼低着，直视双足。起先几个小时内，我一直在试着逗他开心，可只让他变得更不开心。我越是想逗他笑，他越是把脖子缩得更紧。最后我也只能不说话了，两个人静静地向前走着。

到了中午，我想该吃点我们带的面包和肉了。我们在路边的斜坡上坐下。

"来。吃吧！"说着，我把艾米瑞的那份递了过去，"吃了会好受点的。"

可他却摇摇头：

"我不饿。"

我被他的态度惹恼了。我真希望他能和我说说话。平常他总是那么健谈。我不禁有些激动地说：

"听着，我不知道你怎么了，是伤心还是生病了，可不吃饭不会对你有任何好处。我们还得走好多天才能到普罗万，你要是不吃，会走不动路的！"

他的下巴突然抽了抽，随即泪如雨下。我放下面包，把手搭在他的肩膀上。

"我从来没离开过巴黎啊!外面的东西我什么都不知道啊!城市外的世界是什么样的啊?会有狼群来袭击我们么?会有蛇吗?还有……等我回来的时候,雅克肯定已经死了啊……"

艾米瑞确实是害怕了,他抽着鼻子,长吁短叹。把伤心事和盘托出后,他轻松了不少,人也好受多了。我也只能尽量让他宽心:

"第一次远行都是如此。我曾经一个人淋得湿透,饥饿难耐地困在美因茨和斯特拉斯堡间的某处谷仓里,心中只有一个念头:回父亲那儿去。你要是见了,也会嘲笑我的。"

他终于吃了点面包和肉,看到四周阳光明媚,便朝我做了个鬼脸,叫道:

"行,在这儿拖着总不是办法。咱们什么时候重新上路?"

10月7日

我们刚刚来到普罗万,之后我们还要途经香巴尼①的特鲁瓦②，勃艮第③的第戎④，然后是里昂、阿尔卑斯山，最后是意大利……

离城还有几里的时候，我们正安静地走在路上，我背着印刷机，艾米瑞斜背着字盘，这时恰逢一队骑兵经过，差点把我们撞翻。骑兵紧身长裤上皆佩蓝金两色的盾徽，身下均骑黑马，马身披甲。我们只得闪到一边，让他们经过。一座两匹白马拉着的驮轿跟在后面。

轿子经过我们的时候，一只纤纤玉手掀起了轿帘的一角，一名头戴圆锥高帽的贵妇斜卧在轿中。

她冲着我们微微一笑。

"天哪，"艾米瑞朝我扮了个鬼脸，叫起来，"她真是美！"

这次，我算是放下心来，他刚出发时的愁绪已经烟消云散了。

---

① 法国旧区名，香槟酒的产地。
② 法国中东部城市。
③ 法国中东部地区名。
④ 法国东部城市，位于巴黎东南部310公里处。

10月17日

我不知道原来这会儿香巴尼省会正在开集市啊！我们在3时经由康波特门进了特鲁瓦，遍访城中大小旅店酒馆寻找住处。城中已是人山人海，有些商贩已在城根的另一边扎起了帐篷。无论走到哪里，回答我们的都是这句话：

"已经满了，年轻人，你们知道，现在是开集市的时候……"

幸好，我们最后在小木棍街碰到了一位好心的店主，他让我们住进一个下人的房间，那个下人几天前去奥布河畔巴尔①看他生病的老母亲了。房间很小，而且在厨房后面，但也总比露宿街头要强。我那时已

---
① 法国中东部地区。

经筋疲力尽，艾米瑞也站不住了。

自从离开普罗万后，我们一直都徒步走在各种坑坑洼洼的道路上，没有遇到一辆愿意送我们一程的马车。我从斯特拉斯堡来巴黎的路上，受到的帮助要更多些。这肯定是因为那会儿我是一个人吧！雨已经下了好几天，我们的衣服也都浸湿了，我出发前在巴黎买的绑腿也已湿透，上面沾满了泥。昨天夜里，我们甚至没有遇见一家同意我们在谷仓过夜的农户：因为这段时间，特鲁瓦周围的居民对旅人都颇为戒备。集市总会引来一些假冒商贩的无赖，就像当初在斯特拉斯堡抢我书的那些人。最后我们在一所教堂的门廊下捱了一夜，两个人依偎在一起睡了几个时辰。

10月19日

经特鲁瓦而过的商人之多真是令人叹为观止。虽然春秋两大集市的规模已然远不如前几个世纪，但所有的小巷、门廊、货摊依然充盈着皮包、绸缎、皮衣，还有各种颜色的布料。马车载满藏红花、生姜、牙签、耳挖、鞋拔、鞋扣、从西班牙或意大利运来的石榴、椰枣和杏仁，时不时在街上与人擦肩而过。艾米瑞在一头毛驴面前停了下来，驴身上驮着两个篮子，里面装满给小孩玩的木陀螺。小贩周围蹲着群孩子，看着他抽着好几个嘘嘘作响的陀螺，在毛驴的腿间飞速地交错而过。在这副神奇的景象面前，也只有毛驴比较镇静自若。几尺外，一个男子身着镶金长袍，头上的帽子和妇人的圆锥高帽一样尖，他手中挥着几个小瓶，叫道：

"想要变得像医生和药剂师那样厉害吗！来买点柳叶刀、水银、治头藓痛风的药吧，再买点山柰，让你的声音变得像教士那样响亮迷人！"

集市其实并没有乍一眼看上去那么混乱。任何携带刀剑、匕首、短棍的人都不得入城，违者充公，或罚十苏。只有皇家的军官有权携带一样兵器。在一所名叫圣约翰沃马歇的教堂附近，有好几家重量税的收税处，所有的货币兑换商都把摊头摆在那儿。无论是来自弗兰德尔、德国，还是意大利的商人，都可以随时在那儿兑换货币。

10月30日

我们明天离开特鲁瓦去第戎。旅馆里所有人都在谈论法兰西国王遭遇的不幸。听说勃艮第公爵"勇士查理"把君主路易在他的佩龙城堡里关了好几天,然后把国王带到围困之下的列日城前,逼着他叫道:"勃艮第万岁!"

对国王没什么感情的巴黎人,从此教会了鹦鹉"佩龙"这个名字,于是首都的鸟笼中回荡着一片"佩龙!佩龙!佩龙!"的八哥叫声。

11月6日

我们离开特鲁瓦也就一星期!可对我来说,像是过了很久很久……

我现在是在提尔思蒙寺院的患病儿童专用病房内。外边还有些许微弱的光芒,透过拱肋上一扇窄窄的窗户,落在了我面前的箱子上,我的日记本、笔和墨水瓶就放在上面。

木床上的艾米瑞在睡梦中挣扎着。他整个人都红通通的,大概是发烧了。他刚从很远的地方到这儿来,他变成这样也有我的不是。

昨天我们天刚亮就去沙蒂永①了。我们之前的旅店老板建议我们当天晚上在提尔思蒙寺院投宿,那儿就在我们走的大路附近,离沙蒂永也就十几里。

近8时②的时候,我们看到一个小男孩和一个小女孩在驱赶田头盘旋的乌鸦。我们在他们身边停了下来,询问去寺院的路该怎么走。

"我带你们去受难像那条路吧,"男孩建议道,"过了十字架离寺院差不多一里的路,走大道的话,要走的路不止两倍。不过要当心的是,别走错路。要

---

① 勃艮第地区一法国市镇。
② 相当于下午2点。

走树林后左边的那条路,右边是沼泽地,但表面看不出来,因为泥上长着草,看不到底下的水。"

他说话的当儿,我们已经到了村边,受难像已跃入眼帘,就是山上的一块石座上钉着一个木头的十字架而已。两个孩子把我们送到那儿就走了。

我们在寒风中缩着身子爬上了山。到了十字架这里,我们很小心地走了左边蜿蜒伸向一片榛树林的那条小道。

我们默不作声地前行着。我一心想尽快赶到寺院那儿。走了半小时后,我们又来到了一个岔口,通向两边,可这次该往哪边走,那个男孩子并没有跟我们说过啊!选哪条呢?左边的那条路下倾通向山谷,另一条则微微上倾,隐没在树林中。

"寺院就在树林后头。"那男孩子还说过这句话。于是我选了后一条路。但很快,这条路也开始下倾,周围的景色也变了。树木越来越稀少,灯芯草和芦苇丛上缭绕着白雾。只有几株弯曲的老柳浮现于薄雾之上。地里传出一股浓烈的淤泥味,小道几乎已消失不见,我们脚下的土地变得窄窄的,周围都是些浮动着的地皮。

"当心啊,艾米瑞。"我说着。我想我们应该是走错路了。但这会儿要掉头回去已经太晚了,我们打算小心前行,走出这鬼地方。

脚下的路变得越来越窄。由于背了太多东西,我们路也走不稳了。我时不时地回过头去,给后边的艾米瑞打打气。他脸色发白,怯怯地望着周遭。

突然,我听到一声滑落的声音,接着是一声惊叫:"马丁,救我,马丁!"

"坚持住,艾米瑞,我来了!"

艾米瑞刚刚滑了一跤,掉进了一个水坑。我卸下印刷机,一边万分小心,一边又得尽可能快地回头赶过去,这时泥泞已经淹到艾米瑞的肩膀了。他一只手抓着灯芯草丛,另一只手使劲地卸下褡裢。

我顿时发觉,等我够到他的时候,自己也必然陷进沼泽。我试着让自己冷静下来,努力地思索着:

"千万不能乱动啊。"

我望望四周,寻思着得快点找到救人的办法,艾米瑞牙齿都打颤了。

"马丁,求你了,救救我!我手快松了,支持不住了!"

"坚持住,艾米瑞!我一定会把你救出来的,千万别松手!"

我几尺外的地方,有一根柳枝差不多拖到地上了。它说不定能帮我们一把。我要是伏在地上,把手伸过去,应该是能够到它的。我试了试,可还是离我太远。于是,我开始在泥地里爬行起来,试图让自己不要沉下去。这时听见了艾米瑞在我身后发出微弱的呻吟。最后,我的手指终于够到了那根柳枝的尖端,我用尽全力将它向上一提,终于拉住了它。于是,我继续伏着身子,将柳枝拉过来,伸到艾米瑞那边,在这座临时搭起来的桥上艰难地爬着。我抓住艾米瑞的手系在柳枝上,拉回那块窄窄的地面。我让他试着站起来,可他抖得太厉害了,双腿根本难以支撑。

我把印刷机和袋子背在身前,把艾米瑞的双臂绕在我脖子上,将他背了起来。我就这么负重上了路。这时天都差不多黑了。

我不知道我当时哪儿来的力气回到那个岔口，走了那条伸向山谷的小道。转了两三个弯，这条路又开始上倾，直到榛树林边上，提尔思蒙寺院的围墙就在下边。

山谷里，寺院的阴影离我只有几步之遥，我觉得整个人都快要瘫下来了。可艾米瑞还趴在我背上一动不动，他应该迫切需要有人照顾吧，想到这儿，我便打起精神继续前行。就在这时，寺院的大门打开了，树脂点燃的火光下，走出了两名修士。

我叫了一声，他们听到就立刻奔了过来，什么都没问，那个年纪稍长的把艾米瑞抱了起来，另一个扶着我，把我们带到专门接待宿客的地方，让那儿的修士照顾我们，然后便走了。他们自始至终没说过一句话。

阿塔纳斯修士和马塞尔修士帮我把艾米瑞的衣服脱了下来，给他盖上一条羊毛被，喂他喝了点热汤。然后，我再到楼下客厅给自己弄了点汤喝，接着便回楼上睡觉。

11月7日

昨天起，艾米瑞就没有恢复过知觉。他浑身烧得滚烫，吃不下任何东西，整日整夜地昏睡，有时又会突然坐起，叫着不想被人施巫术之类的话。每次发病，我便在他额头上盖一块湿布，缓解高烧。阿塔纳斯修士对我们真的很好，他坚持要和我轮流照顾艾米瑞。

11月8日

今天真是太糟糕了。艾米瑞的脸和身子布满了许多小红点。他身子不停地抽动，连我也认不出来了。阿塔纳斯修士告诉我，明后天药剂师于格修士就会从沙蒂永回来，他先前上那儿买药去了。内院后面的草药园就是他管的。也许他能找到给艾米瑞治病的药剂。

11月9日

今天夜里，我正守在艾米瑞的床边，突然，他的头开始向后扭曲，下巴紧绷，牙齿格格作响，四肢也变得僵硬如木。我把阿塔纳斯修士叫来帮忙。可他一见艾米瑞的模样，不禁害怕起来，不停地划着十字，说道：

"他碰上魔鬼了，碰上魔鬼了。"

最后我只能让他回楼下去。

我不知道该怎么办。我给艾米瑞的四肢摩挲了好几分钟，不停地和他说话。渐渐地，他的身子放松了起来，脸也绷得不那么紧了。接着，他便陷入昏迷，一直都没有醒来。

11月10日

至今还是没有听到药剂师于格修士的消息。

艾米瑞还是一动不动。我想他可能是没希望了。是我将他带出来受罪的,我永远也无法原谅我自己。

11月11日

于格修士回来了。他花了不少劲,总算让艾米瑞喝下去一服绣线菊、蜜蜂花、鼠尾草和百里香制成的药剂,这可以帮他排净体内的毒液,让他退烧,那天夜里他浑身僵硬就是发烧引起的,这叫惊厥。于格修士说艾米瑞现在已经脱离危险了,但精神还很虚弱,没法说话,也没法动,每过一个时辰就得给他喝一服药。

11月17日

艾米瑞正坐在床上玩接子①。他脸色还是很苍白,双臂骨瘦如柴。但多亏了于格修士的药,他现在已经没有生命危险了。

---
① 一种古时传下来的掷骰游戏,考验人的灵敏度。

自从我到这儿来，还是第一次有机会和于格修士在寺院里一起散步，他带我参观了内院后的草药园，还有宿客住的地方和寺院的学校，这些都是由杂务修士们掌管的。其他那些做祷告的修士是不允许和我们说话的。晚祷的时候，我远远地看到他们在附属教堂。至于院长呢，他一直都骑着毛驴，走完一家寺院，再上另一家。于格修士告诉我，提尔思蒙的僧侣遵从的是本笃会规①。很长时间以来，他们都负责教育勃艮第的贵族子弟。这里常年住着15名左右青年男子，接受四位老师的管教。他们每天都要坐在老师边上，花好几个时辰学习阅读、写作、背诵《圣经》中的经文。下课后，他们就回宿舍睡觉，宿舍和僧侣们是分开的。然后再起来上夜课和早课。

"不过别太担心了，他们可以一直睡到颂赞经课那会儿！"于格修士见我神情错愕，于是接着说道，"他们并没有受到虐待，你知道，他们不需要遵守所有的斋戒，而且每天还有时间玩耍，我会把他们挨个带来上园艺课……"

---

① 天主教圣徒圣本笃创建的制度。

11月25日

艾米瑞总算能起床了。他吃了些燕麦糊，和几个从寺院果园里摘来的苹果。

多亏了于格修士，我有幸参观了寺院的书橱，里面保存着寺院最珍贵的手稿，还有康斯坦丁修士工作的写字间，八年来，他一直在里面抄写一部祷文集，并为之手绘插画。我们去参观的时候，他正在给一幅常春藤和鲜花的图画里加上一只玩耍的小鸟。他的工作极为细致精确。而且这么多年来，他已经成为一名不折不扣的炼金大师了。他给我看了他的红墨水，那是用朱砂、金、银磨成粉，硫化后用火烧成的。他还在墨水里溶入一种用矾和树胶制成的浸剂，使之变得更稀。我也给他看了我的印刷机和其他印刷用材，于是他开始满脸沉思地摆弄起我的铅字来。

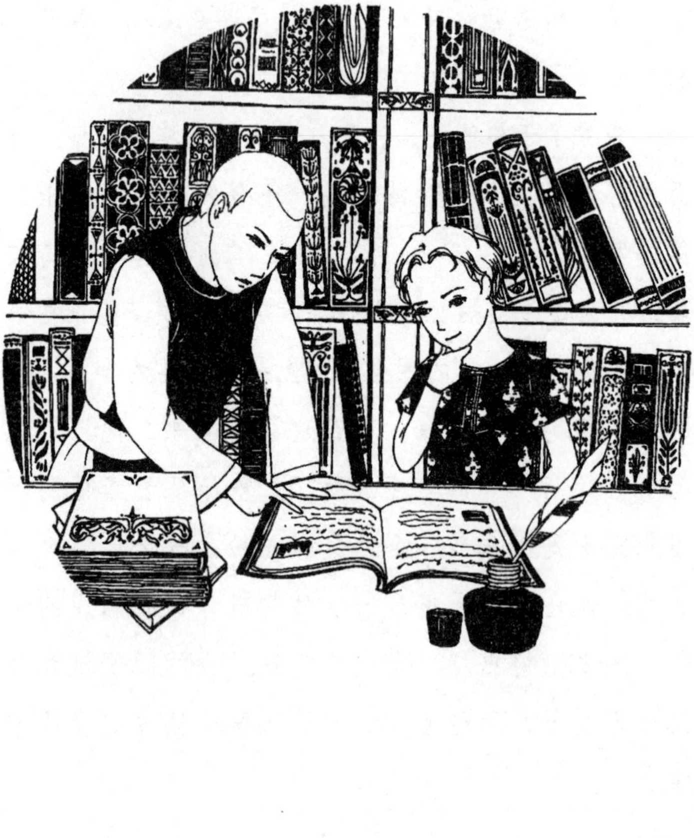

12月1日

这样的天气对这个季节来讲已经十分暖和了,没有结冰。

艾米瑞已经恢复得差不多了,我们终于可以重新上路往第戎去了。我们辞别了阿塔纳斯修士和于格修士。于格修士给了我一个用绳子系起来的小麻袋,里面装了些百里香、荨麻和晒干的山金车花。百里香可以治发热和肚子痛,荨麻擦在伤口上可以痊愈得更快,山金车花可以拿来敷在伤肿的四肢上。

12月7日

我们此刻正在第戎的独角兽旅馆。艾米瑞在火边取暖,我则一边等着我们的热汤,一边写着日记。我们很轻松地就找到了沙蒂永和第戎之间的那条路,这次可没有在沼泽地里迷路!徒步了两小时后,一辆马车在我们身边停了下来,车夫是第戎当地的一名铁匠,在沙蒂永买了一车煤正往回赶。他一眼就看到了艾米瑞疲惫的神情:

"坐到煤堆上来好了,孩子,只要你不嫌脏!"他说道。

我接受了这番好意,与他同行了数天。铁匠对路非常熟悉,对下榻的旅馆也了如指掌。我们在一家旅馆里看到两名身穿蓝色紧身长裤的骑兵,头发染成金色,头顶黑皮高帽,身上斜背着饰有百合花的小包,两个人的马鞍边上都挂着法兰西国王的刀剑箱。店老板一见他们,就忙着去马厩给他们换新马,店里的仆人想帮忙把箱子放到他们的新坐骑上,却被粗暴地推了回去。

铁匠告诉我,这些人是路易十一派去送信的骑兵,这些信要穿越整个法兰西,直到国外。法国所有大路上的旅店都是他们的歇脚处,那儿永远有新马给他们换乘,这样他们才能保证日行40里。

12月10日

今天，我们去拜访带我们来第戎的那位铁匠了。他的家离独角兽旅馆也就几条路，但我们却感觉走了很久，因为这会儿，家家户户都在清理门前的泥泞、石渣和垃圾，这样的清理每周都有一次，当地的路政官规定每家每户都必须在周六大扫除，以迎接第二天的弥撒。

等到我们总算踏入铁匠的作坊时，他正忙着烧一块铁片。他的学徒年龄跟艾米瑞差不多，正两脚交替地踩着风箱。铁匠一看到我们，便放下手头的工作，叫艾米瑞陪他的学徒去仓库取几捆生火的稻草来。等两个男孩子一走，他便一把抓住我的手臂：

"我是特意把你的伙伴支开的，"他对我说，"因为我有事情要跟你说。城里铁匠行的首领今天一清早来找过我。贝壳会的人此刻似乎就在离这儿几里外的地方集合，准备袭城。你们最好尽快离开第戎。我哥哥是名箍桶匠，他明天要去尼-圣若尔日①，他走的是里昂大道，你们可以搭他的马车走。"

"可这些贝壳会的人我有什么好怕的呢？"我有些吃惊地问道。

"唉，知道你是外乡人！不然你也不会问出这话了……贝壳会里的人都是些贼子、强盗、杀手，他们的头目是一个叫大盗约翰的匪徒。这个人比20只狐狸加起来还要狡猾，里边的人都称他为"国王"。这群人去年洗劫了整个勃艮第，可怕且组织得极好。他们是怎么行恶的呢？说起来，就是化装成裁缝、农民、鞋工、小贩等等随便什么的，否则我怎么知道呢！他们反正能用各种花招骗过负责抓捕流氓的守门人和巡逻士兵，一个一个混进城。他们身上藏着匕首和尖刀，来到一个事先约好，只有他们自己知道的地方。到了夜里，他们就从那儿一队一队地溜出去，潜入各家旅店，劫杀里边的行人。

---
① 法国勃艮第地区一市镇。

五年来，他们已让第戎人心惶惶。大家到了夜里，不谈别的，只谈贝壳会的事情。

幸好他们已经有好几个月没出现过了，可就在这几天，城里有几家旅店的老板，被执达吏问起有无看到可疑行径时，表示认出过几个面容不善的流氓。"

我不禁打了个寒战。

"可为啥叫他们贝壳会？"

"因为他们最早的几次行动里，大盗约翰，也就是他们的头目，让他们化装成圣雅各布的朝圣者①，守城的人见他们打扮成朝圣者的样子，每人腰间别着个贝壳，就没对他们起疑心。"

这时，我们听到艾米瑞和铁匠学徒背着稻草回来的声音，铁匠立即掐断了谈话：

"就这样，你们要是对我的建议感兴趣的话，明天弥撒的时候就上这儿来吧。"

"行，我们会来的。"我不假思索地回答道，"多谢。"

我可一点都不想和那些吓人的贝壳会成员打交

---
① 指去圣地亚哥朝拜圣雅各布遗骨的朝圣者，以贝壳为标志。

道，我也不想把这事告诉艾米瑞，他身子还没完全恢复，有时夜里还会做一些鬼怪的梦而惊醒。我只是告诉他铁匠的哥哥同意我们用他的马车，我们明天就出发……

12月18日

我们昨天平安无事地到了里昂，之前走了好几天，经过博恩、沙隆和马孔。在沙隆，我们花了几个苏让一名船夫把我带上索恩河，到了这儿。说真的，我从没在别处见过那么多的兑换商和布料商，几乎一半的摊头都是他们摆的。我们在服饰商路的一家挂着狮子招牌的旅馆歇脚。我们身后几条路外，是一条穿过城市的大河，名叫罗纳河。正因为有了这两条河，这儿才会商贾云集。旅店老板告诉我，去年意大利人还在这里开了家银行。

1468年12月25日，圣主诞生日

圣主诞生日前的斋戒昨天就结束了。悼婴节那天，我们在圣-约翰教堂的广场上看了一场滑稽的表演。卖艺人把城里两个著名的乞丐"小步跑"和"小疯子"带了上来，把他们化妆成蛮人，给他们穿上长袍和缀着青草苔藓的裤子。其他人则打扮成城里人的样子，对着咕咕哝哝和装腔作势的"小步跑"和"小疯子"做着奇怪的鬼脸。艾米瑞笑得气都喘不过来。

我给父亲写信报了平安，让他知道我已经到了里昂。我把信交给一名北上弗兰德尔的布料商，希望我父亲最终能收到这封信。

1468年1月15日

看来是没法在复活节前赶到意大利了。这个时节过阿尔卑斯山实在是太危险了。我向意大利的兑换商打听了一下,于是决定在四月底和一队服饰商一起出发。

我们将从格兰-圣-博尔纳山口过阿尔卑斯山。

这期间,我找了间住处。我父亲让我在巴黎取的钱差不多要用完了,所以我们没法在狮子旅馆一直待到复活节。于是我又一次去找城中的金银匠寻求帮助。他们中的一人给我们腾了间屋子。作为回报,我们得每天打扫他的作坊,检查火炉,确保里面烧火用的柳木柴时刻充足。

2月2日,圣蜡节

时间过得好慢。已经下了好几天雪,让人真不舒服。每个晚上都异常难熬,我们的屋子极不透气,小得只有一丁点的地方,连把两块垫子并排放的空间都没有,更别说摆放我们的印刷机了!留宿我们的金银匠是个驼着背的瘦男人,脸色发灰,也不亲切。他的学徒们看上去也总是阴沉沉的。唉,希望出发的那天早些到来!

2月20日

我刚刚收到了父亲的来信,下面是信中的开头几行:

我亲爱的儿子,

你的信我已收到,得知你在里昂有个安全的住处,我很欣慰。收到你的来信没几天后,我便在圣蜡节那天得到了古登堡师傅去世的消息。一段时间以来,这可怜的老人已不再进食,初冬的一场伤风令他备受折磨。幸好我手头还有个给你寄信的地址,才能把这伤心的消息告诉你。希望这封信能在你动身前寄到你手中……

信中的字行在我眼前跳动着,我再也读不下去了,只得把信放在膝盖上。古登堡没等到我找着尼古拉·詹松,没等到我和他说起巴黎的经历,没等到我把这本日记给他看,便去世了。那这日记,接着往下写还有什么意义呢?我还能为谁而写呢?

我翻了翻手中的日记,剩下的空页已经不多了。

我里面记下的秘密,都是为他而写。每一回我翻开那木制的封面,都是在心里和他说话。

既然他已不在,我也要永远合上这本日记了。

永别了,师傅,永别了。

1469年7月4日,威尼斯

好了,我现在打算把这本日记写完。

其实是艾米瑞说服我这样做的。

几天来,他一直都忧心忡忡,我知道他一定有什么心事。有一天,傍晚十分炎热,我们在门外的一条长凳上坐着看星星。艾米瑞不知怎的，双腿摇得比往常还快，突然他说起下面这些话来：

"马丁，你知道，"他对我说，"我从来没见过古登堡师傅，但我相信，就算他去世了，也一定希望你能继续来写这本书吧。我想，他一定很想听你说说威尼斯的事情吧，一定很想听你说说我们是怎么找到尼古拉·詹松的吧。想想他以前和你说的话吧：等你老了，再回头看这本书，一定会欣慰的……还有，还有……"他又加了句，"我想你其实很想写东西吧，就是这样。你不停地抱怨那已经写钝的羽毛笔，抱怨那已经空空如也的墨水瓶，可不管怎样，你写日记的样子更讨人喜欢！"

我看了看艾米瑞，他已经紧张得满脸通红，平时他可不敢这么和我说话的。我不禁笑了起来。头顶的天空繁星灿烂。

自今冬以来，这是我头一回觉得幸福。

今晚以来，我就一直在思索。艾米瑞说得对。其实我很希望能再次拿起笔来，写下我们遇到的那些事。在今冬得知古登堡师傅去世的消息时，我难过得几乎想将日记本烧了!你陪我度过了这么多幸与不幸的日子:我怎么认识彼得和莉赛尔的,怎么遇上艾米瑞的,如何在抄书人的刀下死里逃生,如何在勃艮第的沼泽地里九死一生,这些你都知道……

这四个多月来,我没有再理睬过你。然而,的确是过去了好些时日。

我仔细地看了看你,剩下的白纸已经不多了,也只够写一下我们从里昂来到这儿的经历了。之后,我就只能把你合上,关在箱子里了。

或许,我会再写一本新的日记。我不知道,再看看吧。

我们在里昂阴暗的小屋里度过了一个漫长的冬末。寒冷的日子里,我们一心盼着早日启程。终于,在升天节①前夜,有人来通知我们,约好和我们一起上路的那群服饰商下个星期就要启程了,让我们准备出发。

我到城中的旧货店去买了些双层披肩,还添置了

---

① 即耶稣升天节,复活节40天后的星期四。

些羊毛露指手套和厚风帽，这些都是为过阿尔卑斯山做的准备。

我们徒步走了近两星期，才到了萨瓦的格兰-圣-伯尔纳山口，这是阿尔卑斯山里唯一尚存的通道。艾米瑞一直在我们身边小步走着，走累了就爬到队里的一头毛驴上去。服饰商队里面有一人负责带领我们这样的游人。他身高是我的一倍，说话声音很响。他的职责就是看好每一个人，他很喜欢艾米瑞，对他尤其关照。

离格兰-圣-伯尔纳山口还有几里路的时候，勃朗峰和周围的峰尖已遥遥在目。说实在的，那景色真是奇异！山顶上一棵树也没有，只有石头和积雪，闪耀得让人张不开双眼。

我们在山谷里的一个村子里雇了三名萨瓦向导，带我们过山口。那儿所有的男人都干这一行。我们清晨就出发了，向导们随身带着长长的杆子，我们的队伍在后面跟着。他们一言不发，走得很慢，脚步节奏极有规律，并让我们照做。

走了几个小时，两边的杉树换成了山毛榉和胡桃树，接着是一片又一片的草地。等到开始出现积雪，向导们就在头上裹好毡带，给我们也分了些。他们还用皮带给长筒靴绑上带刺的铁制鞋底，称为"防滑尖铁"，可方便人在雪地和冰面上行走。他们用一根绳子把我们系了起来，于是我们继续上路，速度更加慢了。

走着走着，会有一名向导时不时地停下来用杆子探探雪深，如果没事就朝我们点点头，这样我们才可以继续前行。

渐渐地，呼吸变得越来越困难，景色也愈发骇人。四周只见崩塌的石堆，令人眩晕的山峰和高耸的雪墙。我们前行的道路很窄，上面铺满易碎的灰色砾石，光芒刺目。我恨不得能立即翻过山头来到另一边。不知走了多久，终于看到向导指了指前方的一条通道，夹在两堆积雪的岩石中间，基本平坦：原来那就是山口。

不过我们还得越过一层冰地，而且得当心不要坠入时不时在我们脚下出现的裂缝。我靴中的双足已失去知觉，艾米瑞也已然头晕目眩。

到了格兰-圣-伯尔纳山口的另一边，上山的路似乎要容易许多。我们停了下来,进一间专供旅人和牧民歇息的木屋里吃了点东西,睡了会觉。

到了山脚下奥斯塔的山谷里,我才感到自己真正地摆脱了这座大山。

我们从奥斯塔①骑着骡子出发,途经米兰、维罗纳、帕多瓦,一路无碍,最终来到了威尼斯。

威尼斯是一个共和国,那边的居民称之为"尊贵的共和国",由一名总督管治。除了威尼斯城和四周的村庄外,共和国的领地还包括北部的一些土地和城市,以及达尔马提亚海岸、阿尔巴尼亚海岸和爱琴海边的众多港口。

我从来没见过那么美丽而又神奇的城市。

共和国最富有的商人在圣-马可广场周围和大运河沿岸建起了许多豪华的宫殿,教堂和寺院更是多得数不清。

到处都是水,很少有路,房屋和房屋间经常是隔着运河,中间是一座优美的小桥。当地居民出行都是乘船。

---

① 意大利西北部城市,位于阿尔卑斯山口。

港口更是繁忙，比巴黎热闹多了。无论何时都能见到竖着圣马可①旗帜的双桅战船，上面的士兵负责巡视地中海周围的共和国领地。时时都有船只停靠在港口卸货，有塞浦路斯的丝绸、香料、蜂蜜、葡萄酒，还有克里米亚的毛皮和皮革……

我们是在近圣约翰节②那会儿到威尼斯的，城里金银匠极多，一到城里，我们便四处拜访，打听城中是否住着印刷师。凭着拉丁语和法语，我在这儿交流还不是太困难。我们最早拜访的几名金银匠表示从未听说过有印刷师。到了我们拜访的第五家作坊，总算有人告诉我们：

"这儿有一对兄弟，一个叫约翰，另一个叫万德林，姓德斯庇尔。我认识他们。他们的作坊刚刚印完西塞罗③的《家信集》。我想，他们应该是被总督授予了特权，成为了这城里唯一的印刷师吧。"

---

① 最早的基督教传道者之一，曾坐船到达威尼斯地区，在当地遭遇海难，后被封为威尼斯共和国的保护神。
② 天主教圣人，纪念日为6月24日。
③ 西塞罗（公元前106年—公元前43年），古罗马著名政治家、演说家、法学家和哲学家。

我一走进那家印刷坊,目光就被那里的印刷机和字盘吸引住了,那股浓烈的墨香和纸香令我激动不已,自打我很久以前离开斯特拉斯堡后,就再没有闻到过这股味道了啊。里边有四个人在工作,于是我尽量地压低自己的嗓音:

"不好意思,打扰了,先生,我叫马丁·格兰伯姆,来自法兰西。我想找一位名叫尼古拉·詹松的印刷师。"

四个人中最高的那位抬起头来,说:

"我就是尼古拉·詹松。"

艾米瑞兴奋地跳了起来。而我,竟一时失语。

两年了,从我向古登堡师傅发誓找到这位尼古拉·詹松起,已经过去两年了啊。

我好一会儿才回过神来,有点不知道该从何说起:

"是约翰内斯·古登堡师傅派我来的,"我结结巴巴地说,"我在他那儿学印刷术,他建议我到您这儿继续学习……"

接着我指了指艾米瑞,说:

"这是我的助手艾米瑞。"

尼古拉·詹松走到我们面前,把我从头到脚打量了一下,回答道:

"既然你是从古登堡师傅那儿来的,那么欢迎你,年轻人!"

他把我们请了进来,聊了很久。他之前已在一位同事那边得知古登堡师傅逝世的消息,但他还是想了解我旅途的全部经过。当我提到我们在巴黎受到的挫折时,他不禁叫道:

"我就知道,法兰西还没做好迎接印刷师到来的准备,所以我才会去德国的那些城市,才会到这里来。"

正在装订的约翰·德斯庇尔停下了手头的工作,走来向我们问好:

"尼古拉刚刚被任命为我们这儿的印刷术师傅,"他朝同事眨了眨眼睛,"几个星期后,他自己的印刷坊就要开张了。他正需要几名年轻的学徒,我想他已经找到了……"

明天,1469年7月5日,圣乌苏拉①节,我和艾米瑞就要在这里开始我们崭新的印刷生涯了。

---
① 天主教女圣人。

1492年9月，尾声

艾米瑞和马丁在尼古拉·詹松那里工作了好多年，并协同他发明了一种新的字体：罗马体。他们还促进了商业社会的形成，这是印刷师一直以来的梦想。从此以后，意大利的每座城里都有他们的代理人卖着他们的书籍。

尼古拉·詹松于1481年去世，死时非常富有，生前还被教皇西斯特四世封为宫廷伯爵。如今的威尼斯已是重要的印刷术中心。

马丁·格兰伯姆也成为了印刷术师傅，在尼古拉·詹松死后开了自己的印刷坊。莉赛尔成了他的妻子，负责管理账目订单；助手艾米瑞则负责管理印刷机。他的两个儿子现在也是印刷术学徒。

这两年来，一位名叫阿尔杜斯·马努提乌斯的艺匠一直都在威尼斯工作,他为生活在那儿的众多拜占庭难民印了不少希腊文书籍。后来,他发明了斜体字,并成为了意大利最著名的印刷师之一。

短短的20年里,印刷坊已在整个欧洲遍地开花。每年,都有新的印刷厂在贵族、大学、教士和知识分子的庇护下诞生,书籍也已步入许多家庭的大门。

从那以后,马丁旅途经过的所有城市都出现了印刷术。

巴黎的纪尧姆·菲歇依靠着索邦的力量,开设了自己的印刷坊。第一本书于1470年夏在三位德国印刷师的印刷机上诞生,他们分别是乌利奇·格林格,马丁·克兰兹和米盖勒·福利伯格。他们印的是加斯帕里诺·德贝加莫①的一部书信集。

书末的图书版本记录上印了四行拉丁文诗歌:
"就像太阳把光芒照遍了寰宇,而你,巴黎,
王国的首都,缪斯的温床,把科学洒向世界;
请接受这刻字的艺术,这近乎神圣的发明来自

---
① 加斯帕里诺·德贝加莫(1360—1431),文艺复兴时期欧洲人文主义者。

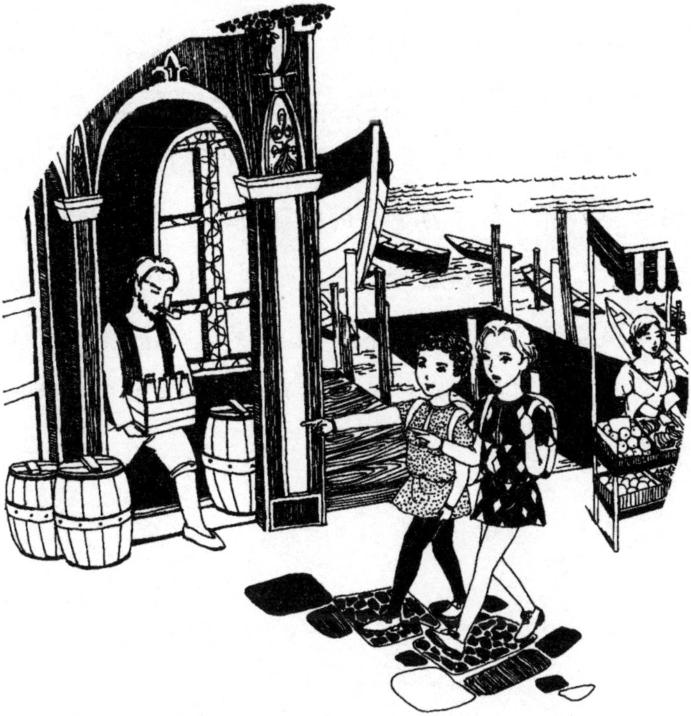

德国；

这是法兰西的土地上最早印出的书，它就诞生在你的大厦里。"

1476年起，书商帕基埃·博诺姆也成为了一名印刷商，并出版了三卷本的《法兰西大事记》，这是巴黎最早出现的书籍。里昂的印刷商出现于1473年，到16世纪，那儿将成为重要的插画书印刷中心。特鲁瓦的第一本书印于1483年，第戎的则在1491年……

1492年8月3日，热那亚人克里斯托佛·哥伦布从西班牙南部出发，去西边寻找一条通向印度的新航路……

想知道更多

中世纪的印刷术

欧洲印刷史的一个重要时期

印刷术的发明是欧洲历史上的一件大事，于近1450年，诞生在美因茨，约翰内斯·根思弗雷系（即古登堡）的手中。

当然，和很多发明一样，许多城市都声称自己是其发源地，而且古登堡究竟起了什么样的作用也是有争议的。但发明的内容毋庸置疑，是活字——即完全相同，可重复使用的金属活字——和印刷机（和手抄比起来，这更有助于书籍的复制与传播）。

今天的图书史专家更专注历史上的"册子写本"，这种写本出现于公元2世纪，外形和我们现在看的书差不多，即将书页折成一沓沓的书帖后连起来形成的册子；他们也比较关注和古登堡类似的但时间更早的一些发明，比如在中国（11世纪的胶泥活字和14世纪的木活字）和高丽（13世纪的金属活字）出现的发明。但这些并不能抹杀15世纪后半叶古登堡所做发明的重要性。

"人文主义"的诞生

印刷术的诞生和人文主义的发展是分不开的。人文主义运动是一次对古代宗教典籍进行重新审视和比较研究的运动。印刷师们既是研究者，又是发明者，他们为活字的创制、造纸和制墨寻找着最完美的搭配。斯特拉斯堡的约翰内斯·曼特林（1410—1478）和威尼斯的尼古拉·詹松（1420—1480）都曾在美因茨古登堡的作坊里工作过，然后再把他的发明传播到欧洲的其他城市中去。他们在那儿开设了印刷坊，有的生意非常红火，吸引来不少人文主义者。曼特林待过的地方里好多后来都成了重要的印刷术中心：美因茨、斯特拉斯堡、巴黎、里昂、威尼斯。

这些印刷师们既是工匠又是艺术家，他们的组织方式和金银匠、抄书人之类的很不一样。后者组成行会，由一位主保统领，负责定价，组织行会成员的工作、学艺和退休。

而相知相识的印刷师们，互相之间交流的是思想、文本和技艺……他们的交流遍布整个欧洲。于是，他们总是穿梭于莱茵河地区、法兰西、北部意大利的城市间……那儿汇集了他们的客户（教堂人员和富有的商贾）。旅途虽然漫长艰险，但因四通八达的商路、通信和汇票的出现而越来越便利。

"近代"的诞生

法国历史家认为"近代"这个时期始于15世纪末。欧洲近代开始的标志是各大国家的形成，以及16世纪天主教和新教间的宗教冲突。马丁为我们讲述的是印刷术传播初期的故事，这一新兴的技术带来的变革之深之快显而易见。当然，大约在1530年之前，印刷出来的书籍还没有脱离手抄本的痕迹和影响：它还要模仿后者的排版、字体、外观，等等，更重要的是，人们依然认为书就是应该用手抄出来的：插画师画出花体的彩饰首字母，校对师添加标点符号、彩字和标题，最后由评书人加上底注和边注。但无论如何，印刷书籍的传播还是造成了深远的影响：书籍的内容渐渐覆盖到越来越多的领域，而不仅仅是宗教话题。阅读成为了一件安静的私事。读书的目的也不再只是记诵了，更多的是去理解和分析。有越来越多的人能接触到知识，并开始思考。整个人类的思想都发生了改变。

马丁生活的年代早于各大国家的形成和宗教战争时期。在他之后，印刷师后来要面对的敌人可比希望这一职业消失的抄书人可怕多了：政治力量和宗教势力都希望将他们牢牢地控制在手中。而我们身处的时代其实与之类似，数字化革命使得人们可以通过电子载体来对文本进行创作传输，而且也正改变着我们的思维模式和知识的传播方式。这样一来，我们对这一段历史，或许能有着更好的理解。

大事年表

公元2—4世纪：将折叠起来的书页通过页边连结而成的"册子写本"代替了"书卷"。

8世纪：羊皮纸渐渐被纸所取代。

1377年：高丽出现了最早用金属活字印刷的著作：白云和尚的《直指心体要节》。

1487年：教皇英诺森八世的谕旨《在众多中》规定了出版审查原则。

1513年：路易十二对法国境内出售的书籍免去通行税。敕令如是说："这一决定乃是鉴于印刷术和印刷学给我们王国带来的巨大财富所下的,这一发明神奇得不似人类所为,(……),使我们的圣信得以光大,司法得以更好地执行。"

1515年：教皇雷昂十世颁布了谕旨《在挂虑中》："(……)我们认为应当对书籍的印刷持忧虑之心,以避免将来有一天,荆棘与良草同生,毒物与良药相混。"

1537年：弗朗索瓦一世的一封诏令创制了出版物

的"版本备案",以便收集保存面向公众发行的印刷文件。

1539年:罗伯特·埃蒂安纳被任命为拉丁文和希伯来文的御用印刷师。弗朗索瓦一世正是因他的要求而命令克劳德·加拉蒙铸造新字。

相关作品

值得一看的书

《书籍的梦想家:古登堡》,伊丽莎白·拉鲁-道尔,克丽丝岱勒·艾诺尔特,Le Seuil 出版社

《中世纪儿童的生活》,丹尼埃勒·亚历山大-比登,皮埃尔·利歇,Le Sorbier 出版社

《百年战争记事》,布里吉特·科朋,"我的故事"丛书,伽利玛青少年出版社,出版社

值得一去的地方

无畏王塔,巴黎

印刷术博物馆,里昂